学園の一日

①
② 朝のそうじ
すみずみまできれいに
③ せんめん
④ ラジオ体そう
きょうも元気で一二三
食事
⑤
ああおいしい
おかわりしよう
⑥ 学習
先生！ハイハイ
⑦ 遠足
⑧ 運動会
1
2
⑨ 家庭通信
おかあさん元気ですか
⑩ 気象かんそく

かなしみの詩

「10歳の放浪記」その後

上條さなえ

講談社

かなしみの詩《うた》

――「10歳の放浪記」その後

目次

装幀／城所潤（ジュン・キドコロ・デザイン）

はじめに

わたしは一九五〇年（昭和二十五年）の三月、東京《とうきょう》の東長崎《ひがしながさき》で生まれました。後の青春時代に、わたしは自分の戸籍《こせき》を見て大きな衝撃《しょうげき》を受けました。

それは、父の欄《らん》が空欄だったことではなく（小さいころから非嫡出子《ひちゃくしゅつし》だった事実は知っていました）、出生届《しゅっしょうとどけ》が出されたのがわたしが生まれてから、じつに六年後であったということに、衝撃を受けたのです。しかも、その戸籍欄には、そのための罰金《ばっきん》五百円という文字もありました。

もし、わたしが生まれてから何かの事情《じじょう》で六歳《さい》までに死んでいたら、わたしはこの世に存在《そんざい》したことさえ戸籍に残らなかったのだろうか、わたしは生まれてきてはいけない子だったのだろうか、わたしは別々に暮《く》らす父と母に、どうしても理由をきくことができませんでした。

ほんとうのことを知るのが、こわかったのです。

でも、それにしては、わたしが生まれてまもなく父と母とわたしの三人で撮《と》った写真が、それも街の写真屋さんを自宅《じたく》に呼《よ》んでまで撮った写真が、何枚《なんまい》も残されていることが、不思議でした。

父と母が出会ったとき、父には本妻《ほんさい》がいて、母は太平洋戦争《たいへいようせんそう》で夫を亡《な》くした戦争未亡人《みぼうじん》でした。

父も母も亡くなった後、事情を知る人から父の妻が父との離婚《りこん》に応《おう》じず、わたしが生まれてから六年後に離婚が成立したこと、けれどそのころには、母の連れ子であった兄と姉を虐待《ぎゃくたい》するわたしの父に母の愛情が失われ、入籍をしなかったことをききました。

わたしの誕生《たんじょう》は、その時点から複雑《ふくざつ》な事情を背景《はいけい》にしていました。

わたしの出生届が出されて四年後の秋、父の仕事の失敗とともに住む家を失い、家族は離《はな》れ離《ばな》れになりました。わたしは十歳で小学五年生でしたが、あるときは母に連れられ親戚《しんせき》の家に預《あず》けられたり、あるときは母とともに知人の家に身を寄《よ》せたりしました。半年後、定職《ていしょく》のない父と池袋《いけぶくろ》の簡易宿泊所《かんいしゅくはくじょ》を転々とする生活をしたことは、『10歳の放浪記《ほうろうき》』に書きました。

突然《とつぜん》の放浪から一年後の秋、わたしはもう一度五年生の勉強をするという条件《じょうけん》で、千葉県《ちばけん》にある養護《ようご》学園に入園しました。

ホームレスであったわたしを、学園の先生方はあたたかく迎《むか》え入《い》れてくれました。父と母、姉と別れての集団《しゅうだん》生活は、貧《まず》しさゆえのいじめにあったりもして、楽しかったことより、つらくかなしいことのほうが多かったように、学園で書いた日記に記されています。

でも、わたしは帰れませんでした。帰る家がなかったのです。父は相変わらず簡易宿泊所を転々とする生活で、母は知り合いの家に身を寄せ、十八歳の姉は働きながら三畳《じょう》一間の下宿にいました。

わたしは、いつか帰れる家ができるのを待ちながら、学園での生活を送りました。

喜びは、三度三度の食事をとることができたこと、再《ふたた》び勉強ができたこと、そして、夜布団《ふとん》の上で眠《ねむ》れたことです。

学園の西日が差す図書室で、石川啄木《いしかわたくぼく》の歌集と出合ったことは、わたしの文学の目覚めでもありました。

かなしみといはばいふべき
物の味
我《われ》の嘗《な》めしはあまりに早かり

啄木のこの歌を読んだとき、わたしは親友を見つけたように思いました。若《わか》い日にかなしみを経験《けいけん》した啄木の歌が、わたしの心の支《ささ》えとなりました。

それから四十七年の後、竹田《たけだ》学園での生活を書くことになろうとは夢《ゆめ》にも思っていませんでした。記憶《きおく》だけではとても書けない、子どもも社会の多様な人間関係があったからです。

わたしはふと、家の物置に当時の日記帳や学園便りがあることを思いだしました。

それは二十三年前、孤独《こどく》と貧困《ひんこん》の中、六十九歳で死んだ父の遺品《いひん》の一つで、四角いお菓子《かし》の缶《かん》に収《おさ》められていました。

六畳と三畳だけの父の家に残された物は、服が数着と少しの食器類、満開の黄色と白の菊《きく》、数珠《じゅず》と、そのお菓子の缶だけでした。

「お父さんは、なこちゃんがかわいかったのね」

いっしょに遺品を整理をしていた姉が、泣きながら缶のふたを開けました。

父の愛のおかげで、この本を書くことができました。

石をもて追はるるごとく
ふるさとを
出でしかなしみ消ゆる時なし

第一章　竹田《たけだ》学園へ

一九六一年（昭和三十六年）十月十日の朝、薄汚《うすよご》れたリュックサックをしょったわたしは、そのリュックサック以上に汚れたレインコートを着た父に連れられて、池袋《いけぶくろ》西口にある簡易宿泊所《かんいしゅくはくじょ》を出た。

「集合場所は、駅の向こう側だから、なこちゃんの昼飯は駅で買おう」

父がわたしの手を引っ張《ぱ》った。

わたしの本名は早苗《さなえ》だったが、赤ちゃんのころにつけられた愛称《あいしょう》が「なこちゃん」で、父も母も姉も、わたしが十一歳《さい》になった今も、その愛称で呼《よ》んでいた。

「ねえ、お父ちゃん、なこ、やっぱり、学園に行くの、いやだな」

わたしはできることなら、そのまま引き返したかった。

「ねえ、お父ちゃん、なこ、いい子にするから、学園に行きたくない」

わたしは、黙《だま》っている父の横顔を見上げた。

「なこちゃん、昼飯、何がいい？」

父は、わたしの声などきこえなかったかのように、レインコートのポケットに手をつっこんで小銭《こぜに》を取りだした。

「行きたくない」

わたしは父の手をふりほどいた。

「なこちゃん、もう、戻《もど》るところがないんだよ。さっきの宿だって、朝出たら、夕方、お金を払《はら》わなくちゃ、入れてくれないだろ。お父ちゃん、働いて、なこちゃんと暮《く》らせる家を見つけるから、その間だけ、学園で生活してくれよ、頼《たの》むよ」

お酒を飲んでいないときの父は、どこまでもやさしかった。

だから、わたしは駄々《だだ》をこねた。

「なっ、なこちゃん、これ以上学校に行かないと、それこそ一年遅《おく》れでなく、二年遅れ、三年遅れになって、行くのがほんとうにいやになっちゃうよ」

わたしは、うつむいたまま歩きだした。

「でも、なこ、いやだな、ほんとうは六年生なのに、もう一回五年生をやるなんて」

そう言いながら、わたしは喉《のど》もとにこみあげてきた言葉を飲みこんだ。

（お父ちゃんが仕事に失敗したせいで、一年間学校に行けなかったんじゃないか）

父がお酒に酔《よ》って、いつもの父ではなくなったときに、わたしはふらつくその後《うし》ろ姿《すがた》に向かって、そんな言葉を投げつけた。

わたしは、父が、なぜ、ほかの子どもたちの父のように働かないのか不思議でならなかった。

「学歴がないから、まともに就職《しゅうしょく》もできないし、それでいて一攫千金《いっかくせんきん》を狙《ねら》ってばかりだから、うまくいくわけないわ。あなたのお父さんって人は――」

父の借金で家に住んでいられなくなったとき、姉とともに家を出た母の言葉を、わたしはよく思いだした。

学歴がなくても、平凡《へいぼん》に働けばいいのにとわたしは思った。

「なこちゃん、お父ちゃん、昔のようにまた大金持ちになってみせるからな」

池袋駅西口の構内《こうない》に入ったとき、父がかがみこむようにしてわたしに言った。

「お金持ちじゃなくて……」

わたしの言いかけた言葉を終わりまできかず、父は売店に向かった。

売店の店先には、幕《まく》の内弁当《うちべんとう》やのり巻《ま》きとともに菓子《かし》パンが並《なら》べられていた。

「弁当は高いんだな。おばちゃん、あんパンくれる?、あっ、今日は特別な日なんでジャムパンももらおうか。好きだろ、なこちゃん」

いつもは一つしか菓子パンを買ってくれない父が、無理をして二個買ってくれたことで、わたしはもう学園に行きたくないとは言えなくなった。

「ほんとうに、お父ちゃん、大阪《おおさか》に行って一勝負してくるから。なっ、なこちゃん、そうしたら、お父ちゃん、すぐに学園に迎《むか》えに行くよ。また、熱海《あたみ》で何泊《なんぱく》もしような。昔みたいに」

わたしは父の言葉に、うなずかなかった。

父が仕事に失敗した五年生の秋から半年間は、知り合いの家々に預《あず》けられ、その後今日までの半年間を簡易宿泊所でホームレスとして父と過《す》ごしたわたしには、父のどんな言葉も信じられなかった。

父は酔うと、自暴自棄《じぼうじき》になったような言葉を口にするようになった。

「もう、なこちゃんを育てるのに疲《つか》れた」

父は安い居酒屋《いざかや》で飲むのは以前といっしょだったが、ここ一か月ほどは、自分の飲《の》み代《しろ》がなくなると、その場で親しくなった人に「この子をもらってくれませんかね」と声をかけた。

すると、どの人も、決まったように「おじさん、つらいだろうけど、それを言ったら、この子がかわいそうだよ。一本飲んで元気出してよ」と、お銚子《ちょうし》を父におごってくれた。

父の言葉がうそだと思っていても、父がその言葉を口にするたび、わたしはほんとうにもらいたいという人がいたらどうしようとこわくなって、店の外の赤提灯《あかちょうちん》の下で、父を待った。

そんな日々の中で、ある日父が突然《とつぜん》、役所からもらったという一枚《まい》の紙を手にして宿に帰ってきた。

父はわたしに、もう一度勉強できる場所を見つけたこと、そこは千葉県《ちばけん》にある竹田養護学園《たけだようごがくえん》で、条件《じょうけん》は集団《しゅうだん》生活を送ることだと説明した。

勉強ができる——そのひとことにわたしは夢《ゆめ》を見ているような気がした。

そうしたら、また、東京《とうきょう》の小学校で同じクラスだった親友の尾本《おもと》かおりや、いたずらっ子だったけれど、わたしにはやさしかった江森二郎《えもりじろう》と会えるのだと思った。

学園に行って、すぐ東京に帰ってくればいいのだと、わたしは単純《たんじゅん》に考えていた。

体の弱い子や家庭に事情《じじょう》のある子を集めて、自然の中で集団生活を送らせ、小学校の教育課程《かてい》を履修《りしゅう》させる——それが竹田学園だった。

わたしはすぐに入園することを承諾《しょうだく》した。

学園は、四月から九月までと、十月から翌年《よくねん》三月までの二期制《きせい》で、わたしは十月からの期に入園することになった。

入園日近くになって、父は古道具屋から、わたしの着替《きが》えや荷物を入れる竹で編《あ》んだ行李《こうり》を買ってきた。父は宿の片隅《かたすみ》で、そのボロボロの行李を太い針《はり》で繕《つくろ》いながら、

「一つだけ言《い》い忘《わす》れたんだけど、なこちゃん、五年生で入園するんだよ、ほら、五年生の十月までしか学校に行ってないから」

つぶやくように言った。

「うそ、お父ちゃん、そんなこと言わなかったよ」

わたしは、目の前が、真っ暗になった。

それだったら、入園したくない。

いつか尾本かおりや江森二郎と会えると思ったから、入園することを決めたのだ。

「お父ちゃん、お願い。六年生の勉強にすぐに追いつくように頑張《がんば》るから、六年生のクラスに入れるように学園に頼んで」

わたしは必死だった。

どうしても、六年生として入園したかった。

「お父ちゃんも、役所の人に頼んだけど、出席日数が足りないんだそうだ」

父の言葉をきいて、わたしは唇《くちびる》をかんだ。

(なら、どうしてもっと早く学校に行かせてくれなかったの)

父にそう言いたかった。

けれど、背中《せなか》を丸めて行李を繕う父を見ると、哀《あわ》れで言えなかった。

「わたし、学校大好きだったのに……」

わたしの言葉に、針を持つ父の手が止まった。


集合場所の役所の集会室には、もうかなりの人数の子どもたちとその付《つ》き添《そ》いの親たちが集まっていた。

父はわたしを集会室の入り口まで送ると、

「お父ちゃんは、こんな格好《かっこう》だから行かないよ。ここから一人で行きなさい」

と言って、リュックサックの上からわたしを押《お》した。

わたしは、一人で、おずおずと集会室に入っていった。

すると、潮《しお》が引くようにわたしの周辺から大人も子どももいなくなった。

「浮浪児《ふろうじ》が来た」

女の子の声がきこえた。

わたしはキョロキョロと辺りを見回した。

(浮浪児って、どこにいるの?)

やがてわたしは、子どもたちの視線《しせん》がわたしに向かっていることに、気がついた。

(わたし? わたしが浮浪児なの?)

わたしは自分の服を見るため、視線を下ろした。

運動靴《うんどうぐつ》もズボンもセーターも、汚れていた。

父との帰る家のない生活の中で、洗濯《せんたく》という言葉さえ忘れていた。

その日一日、宿に泊《と》まれて、何か食べられれば二重丸をつけたいという生活の中で、洗濯などということを考える余裕《よゆう》はなかった。

(わたしが浮浪児なんだ)

そう思ったとたん、わたしは恥《は》ずかしさで顔が熱くなった。

まえの学校で、天然パーマの髪《かみ》に大きなリボンをつけ、母の選ぶ洋服を身につけていたこのわたしが、浮浪児と呼ばれたのだ。

わたしは逃《に》げだしたかった。

けれど、すでに父は役所から出て、今日一日をどこで過ごすか考えながら歩いているはずで、池袋という繁華街《はんかがい》でその父を探《さが》すことは到底《とうてい》無理だった。

「では、これから竹田学園の入園式を行います。子どもたちは三年生から順に並んでください」

一人の男の人が、集会室のマイクの前で話し始めた。

（しょうがないな）

わたしは恥ずかしさも、屈辱《くつじょく》も、しょうがないと思った。それが現実《げんじつ》だった。

「えーっ、あの子も五年生なんだ。やだぁ、浮浪児といっしょなんて」

女の子が、母親らしき女の人に言った。

「何言ってんの、しかたないでしょ」

女の人に背を押されて、女の子がわたしの後ろに立った。

わたしは緊張《きんちょう》で、背中が強《こわ》ばるのを感じた。

入園式が始まった。

三年生から六年生までの子どもたち四十人が、ゾロゾロ列を作って池袋駅へ歩いていった。

わたしは道端《みちばた》に父がいないか、列に遅れないようにしながら目で探し続けた。

けれど、わたしの視線のどこにも、父の姿はなかった。

「お父ちゃん……」

小さかったころ、畳《たたみ》の上に寝《ね》ころがって、高く上げた両足にわたしを乗せ、「たかい、たかい」をしてくれた父、火鉢《ひばち》で焼いたはまぐりを「熱いぞ」と言って口に入れてくれた父、目にものもらいができたとき、毎日自転車で目医者さんに連れていってくれた父……わたしの胸《むね》に、父との思い出がよみがえった。

どんな父でも、父と離《はな》れるのは、つらかった。

第二章　山下《やました》先生

池袋《いけぶくろ》駅の改札口を通ろうとしたときだった。

「なこちゃん、なこちゃん」

と、わたしを呼《よ》ぶ女の人の声がした。

わたしが顔を上げて、声がきこえたほうを見ると、人ごみをかき分けるようにして、小柄《こがら》な姉の亜矢子《あやこ》がわたしの目の前に現《あらわ》れた。

「お姉ちゃん……」

わたしは驚《おどろ》いて、姉の顔を見た。

「お父さんがね、手紙をくれて、そこに、なこちゃんが今日入園するって書いてあったの。お母さんがゆうべ徹夜《てつや》して帽子《ぼうし》を編《あ》んだから、なこちゃんに届《とど》けたくて……」

そこまで言うと、姉は涙《なみだ》で言葉に詰《つ》まった。

姉は涙をぬぐいながら、白い毛糸で編まれた帽子をわたしに差しだした。

わたしの目からも、ポロポロと涙がこぼれた。

「お姉ちゃんがなんとかするからね、頑張《がんば》るのよ」

引率《いんそつ》の男の人が、わたしに早く歩くよう促《うなが》した。

「うん」

わたしはうなずくだけで精一杯《せいいっぱい》だった。

ふり返ると、姉が爪先立《つまさきだ》った姿《すがた》でわたしを見ていた。

姉はわたしと七歳違《さいちが》いで十八歳になっていた。順当に進学していれば、高校三年生だったが、わたしの父が進学に反対したため、高校へ行くことを断念《だんねん》していた。

姉は、太平洋戦争《たいへいようせんそう》で戦死した母の前夫との間の子どもだったので、わたしとは父親が違っていた。

東京大学《とうきょうだいがく》出の父を持つ姉に、わたしの父は冷たかった。冷たいというより、姉を戦死した母の夫と錯覚《さっかく》しているのではないかというほど、いじめた。

けれど姉は、父に関して、うらみ言のようなことを言ったことはなかった。

やさしい姉につらく当たるときの父を、わたしは憎《にく》んだ。

そんな状況《じょうきょう》の中で、姉は中学を卒業すると仕事を見つけ、東京の成増《なります》に三畳《じょう》一間の部屋を借りて、家を出た。

物心ついたころから、外で働く母に代わって、姉は家事をこなし、わたしのめんどうを見ていたから、わたしにとっては母のような存在《そんざい》でもあった。

だから、姉が家を出たとき、わたしは何日も泣き続けた。

しばらく後になって、姉が持っていくのを忘《わす》れたスリッパを見つけたときも、涙が止まらなかった。


その姉が、わたしを見送ってくれていた。

わたしは姉の姿を目に焼きつけるように、ふり返り、ふり返り、ホームに上がる階段《かいだん》をゆっくりと上った。

そして、母が編んでくれた白い毛糸の帽子をかぶった。いつも仕事をしていた母がわたしのために編み物をしてくれたのは、初めてだった。

そうして乗りこんだ山手線《やまのてせん》のドアが閉《し》まったとき、もう一度涙があふれた。

池袋という駅名が、だんだんと遠ざかっていって、やがて見えなくなった。

千葉《ちば》から房総西線《ぼうそうさいせん》に乗《の》り換《か》えるころ、わたしの涙がようやく止まった。

電車の中でも、わたしの周りにはだれも座《すわ》らなかった。

ほかの向かい合った四つの座席《ざせき》からは、子ども同士のはしゃぐ声が絶《た》えずきこえていた。

わたしはぼんやりと窓《まど》の外を見ながら、親から離《はな》れるのにどうしてみんな泣かないのだろうと、不思議に思った。

「次はきさらづぅ、きさらづぅ」

という車内アナウンスが流れたとき、わたしの座席と通路を隔《へだ》てて座っていた男の子が、

「山下先生、ここの地名はほんとうは『きみさらず』っていうんだよね」

と、デッキに立っていた男の先生に話しかけた。

「ほお、山岡《やまおか》君はさすがに四年生のときから学園にいるから地理にくわしいね」

山下先生と呼ばれた、頭をツルツルにそり上げて眼光《がんこう》の鋭《するど》い中年の男の人が、笑いながら男の子に言った。

「なっ、兄ちゃんの言ったとおりだろ。大昔、日本武尊《やまとたけるのみこと》を追ってきたお姫《ひめ》さまが船で遭難《そうなん》して死んじゃったんだ。で、日本武尊が、かなしんで『君去らず』って地名をつけたのが、『きさらづ』になったんだ」

わたしは男の子の話をききながら、プラットホームの上に書いてある駅名を見た。

「木更津」

という漢字を、声に出して読んだ。

「ここにはね、証誠寺《しょうじょうじ》ってお寺があって、ほら、童謡《どうよう》であるだろ、『しょう　しょう　しょうじ　しょうじょうじのにわは』って、そのモデルになったところで今も狸《たぬき》が飼《か》われてるんだ。なっ、友子《ともこ》、もう泣くなよ、学園は楽しいぞ」

男の子の言葉で、わたしはその隣《となり》に座っている女の子を首を伸《の》ばしてのぞきこんだ。

ハンカチを顔に当てた女の子を見て、わたしは少しホッとした。

わたしと似《に》て、寂《さび》しがりやの子もいるんだという安堵《あんど》でもあった。

「もう、十二時近いから、お昼にしましょう」

山下哲《てつ》という名札をつけた、デッキにいた男の先生が車両中に響《ひび》き渡《わた》る声で言った。

「ヤッター！　弁当《べんとう》だ」

男の子たちから、歓声《かんせい》が上がった。

わたしは、網棚《あみだな》からリュックサックを下ろした。そうして、リュックサックの中から、あんパンとジャムパンを取りだした。

わたしは父のことを思った。

わたしに二つもパンを買ったから、父は自分の昼食を抜《ぬ》いているのではないかと心配になったのだ。

わたしがあんパンを食べようとしたときだった。

「早苗《さなえ》ちゃん、中村《なかむら》早苗ちゃんだね」

デッキから走るように近づいてきた山下先生が、目の前で止まって、わたしの胸《むね》の名札をチラッと見た。

わたしがうなずくと、山下先生は声を大きくして、

「君はおいしそうなパンを持ってきたねぇ。ぼくはね、いつも東京の菓子《かし》パンを食べたいって思ってるんだが、上京するたび、女房《にょうぼう》が弁当を作っちゃうんだよ。早苗ちゃん、そのパンとぼくの弁当を取りかえてくれないか」

そう言った。

わたしはびっくりして、山下先生が手にしている花柄《はながら》のふろしきに包まれたお弁当箱を見た。

（パンとお弁当の交換《こうかん》じゃ、先生のほうが、損《そん》をするのに……）

そう思うわたしのひざの上に、山下先生がお弁当箱を置いた。

わたしはちょっと頭を下げて、あんパンとジャムパンを渡した。

鈍《にぶ》い銀色のアルマイトでできたお弁当箱のふたを開けると、半分がご飯で半分がおかずだった。

それはひさしぶりに食べる家庭のにおいのするお弁当だった。

玉子焼き、うずら豆、赤いウィンナー、わたしは今日あったいやなことを、かなしかったことを、すべて忘れて、お弁当を食べきった。

食べてからも思った。

駅の売店だって菓子パンより、お弁当のほうが値段《ねだん》が高いのに、どうして交換してくれたのだろうと……。それと、なぜ、ただでくれたのだろうと。

わたしが山下先生の行為《こうい》を不思議に思ったのには、訳《わけ》があった。

父と簡易宿泊所《かんいしゅくはくじょ》で暮《く》らすようになってすぐ、父は突然《とつぜん》の発熱で日雇《ひやと》いの仕事に行けない日々が続いた。

「困《こま》ったな、明日からどうするか……」

そうつぶやく父のレインコートのポケットをまさぐったわたしは、父の全財産《ぜんざいさん》が小銭《こぜに》しかないことを知った。

父もわたしも、まえの晩《ばん》から食事をしていなかった。宿代を払《はら》うと、食事をする余裕《よゆう》などなかったのだ。

「おじいちゃんちに行くか」

おじいちゃんというのは、父方の祖《そ》父《ふ》のことで池袋から西武線《せいぶせん》で四十分ほどの秋津《あきつ》に住んでいた。

昔は小さな染《そ》め物《もの》工場を経営《けいえい》していたが、今は年金で暮らしていた。

祖父は、父の仕事が順調なときは家にもよく訪《たず》ねてきた。

母は無理をしても、祖父のためにお酒を用意し、祖父の好きな刺身《さしみ》を食卓《しょくたく》に並《なら》べた。

「あなたのお父さんは、どうして、あのおじいさんに似なかったのかしら」

と、母が言うほど、祖父は飲めば飲むほど笑いを絶やさない人だった。

わたしは祖父の家に行けば、食事をさせてもらえるし、もしかしたら泊《と》めてくれるかもしれないという希望を持った。

けれど、訪ねていった祖父は、家に上げてもくれず玄関先《げんかんさき》で父に帰るように言った。

わたしは信じられず、しゃがみこんだ姿勢《しせい》のまま祖父を見上げた。

祖父の家から秋津駅へ戻《もど》る道の途中《とちゅう》で、まだ熱のある父におんぶされたわたしは、父が転んだ拍子《ひょうし》に道端《みちばた》に投げだされて両膝《りょうひざ》をすりむいた。

そんなわたしたちを見ていたのだろうか、祖父は追いかけてきて、わたしのブラウスの胸《むね》ポケットに千円札を一枚《まい》つっこんで去っていった。

貧《まず》しくなったらだれも助けてなんてくれないというのが、十一歳になったわたしの人生哲学《てつがく》だった。

空になったお弁当箱を花柄のふろしきに包んで、デッキの前に座っている山下先生に返しに行った。

山下先生はタバコを吸《す》っていた。

わたしは小さな声で、「おいしかったです」とお礼を言ってから、さらに声を小さくして、

「先生は、どうしてわたしにお弁当をくれたんですか」

ときいた。

「早苗ちゃん……先生の演技《えんぎ》がへただったみたいだな」

山下先生は頭をかきながら、もう一方の手で座席の背《せ》に取りつけられている灰皿《はいざら》にタバコをもみ消すように入れた。

「早苗ちゃん、教師《きょうし》にとって、生徒はね、自分の子か、もしかすると、自分の子以上に大切な

存在なんだよ。早苗ちゃんにほかの子どもたちと同じように弁当を食べさせたかったたんだよ」

わたしは山下先生を見つめた。

着古して、ところどころ色があせた紺色《こんいろ》のブレザーを着た山下先生に、どう返事をすればいいのか、わからなかった。

「学園で、もう一度勉強しような」

山下先生の言葉に、わたしの胸はいっぱいになった。

(こんな先生に、わたしもなりたい)

わたしはそんなことを思った。

「ほら、もうすぐ、学園のある上総湊《かずさみなと》だよ」

山下先生が窓の外を指差した。

抜《ぬ》けるような青空の下に、それよりも濃《こ》い群青色《ぐんじょういろ》の海が見えた。

第三章　新しい生活

房総西線《ぼうそうさいせん》の上総湊《かずさみなと》という駅で、わたしたちはゾロゾロと電車を降《お》りた。

入園式で、今学期の入園者は四十人だと教えられていた。

その四十人の子どもたちと、引率《いんそつ》の五人の先生で、駅前の小さな広場はいっぱいになった。

わたしは、まだ紅葉《こうよう》にはほど遠く、つやつやとした緑の葉で覆《おお》われた山々と、その山々に囲まれた、木造《もくぞう》の小さな駅舎《えきしゃ》をふり返った。

池袋《いけぶくろ》駅と比《くら》べると、まるでおもちゃの鉄道模型《もけい》の駅のようだと思った。

「これから、あのバスに乗りますよ」

山下《やました》先生が、駅に向かって走ってきたバスを指差した。

バスの正面に、館山《たてやま》行きという行き先表示《ひょうじ》が出ていた。

わたしの隣《となり》の席に、木更津《きさらづ》の説明をしていた男の子の妹が座《すわ》った。

山岡透《やまおかとおる》という名札をつけた男の子は、バスのつり輪に手を伸《の》ばして、妹に説明を始めた。

「これから、海岸線を走るからよく見てな。それで三十分ぐらいしたら『十夜寺前《じゅうやじまえ》』ってとこで降りるんだ。そこから五分歩いたら学園だよ」

わたしは、バスの車内にはってある路線図を見た。

山岡君という男の子の言うとおり、バスの停留所《ていりゅうじょ》の中に「十夜寺前」という停留所の名前を見つけた。


十夜寺前でバスを降りると、すぐ右手が海岸になっていて、石でできた階段《かいだん》の下に家々が軒《のき》を並《なら》べるようにして建っていた。

その家々の入り口には漁に使う網《あみ》が広げて干《ほ》してあった。

「ここら辺の人たちは、漁業関係者が多いんだよ」

興味深《きょうみぶか》そうに見下ろしているわたしたちに、山下先生が竹田《たけだ》漁港の話をしてくれた。

海岸とは反対方向に少し急な坂を登っていくと、木造の古いお寺があって、それが十夜寺だと、やはり山下先生が説明してくれた。

細くなった道の先に踏切《ふみきり》があって、その手前のすぐ右手に門を見つけた。門柱には、

『竹田養護学園《たけだようごがくえん》』

という文字が刻《きざ》まれていた。

（着いた）

わたしの心の中で、ホッとする気持ちとともに、もう簡単《かんたん》には東京《とうきょう》に帰れないほど遠くへ来たというあきらめの気持ちもわいてきていた。

門の周りは木々が植えられていて、その木々の先に木造平屋建ての学園が姿《すがた》を現《あらわ》した。

食堂に集められたわたしたちは、それぞれ自由にイスに座って、山下先生の話をきいた。

「それでは、これから三、四、五、六年の担任《たんにん》の先生と、みんながどの寮《りょう》で生活するのか、寮母さんはだれかを発表します」

入園者四十人の内訳《うちわけ》は、三年生十人、四年生十人、五年生十一人、六年生九人で、五年生の担任は内山芙美《うちやまふみ》という女の人だった。

わたしは、自分の担任が山下先生でないことに、がっかりした。

山下先生は、六年生の担任だった。

それをきいたとき、わたしはもっと落胆《らくたん》した。

ほんとうなら、わたしの担任だったと思ったからだ。

わたしはその日、わたしが一年遅《おく》れの五年生だということを隠《かく》し通《とお》そうと決めた。

それは、仲のよい友だちも作らないということでもあった。

親しくなれば、ほんとうのことを言わなければならない。父がホームレスであることも隠さなければならないことだったし、母がどこにいるのか知らないと言えば、わたしはどんなに人からバカにされるだろうとも思った。

わたしは、人とあまりしゃべらないことを心に誓《ちか》った。

その後、一枚《まい》の紙が配られて、うめ、ばら、ゆり、まつのそれぞれの寮に入る子どもたちの名前が書かれてあった。

わたしは、ゆり寮になっていた。


ゆり寮の寮母の金井良子《かないりょうこ》先生の後について、わたしたち男女十人は食堂から移動《いどう》して、部屋に向かった。

ガラガラという音をたてて、良子先生が部屋の引き戸を開けた。

三十畳《じょう》のガランとした部屋にあるのは、布団《ふとん》を入れる押《お》し入《い》れと、それぞれの行李《こうり》を入れる棚《たな》だけだった。

「棚にみんなの名札がはってあるでしょ。送られてきた行李はそこに入れておきましたから、確《かく》認《にん》してね」

にきびの跡《あと》が顔に残る良子先生は、寮母さんの中でも、いちばん若《わか》く、美人だった。

良子先生のおっとりとした言い方に、わたしは好感を持った。

「あっ、おれの行李だ」

一人の男の子が畳《たたみ》の上を走って、壁《かべ》際《ぎわ》の棚に走りだすと、ほかの子どもたちも競《きそ》うようにして、自分の行李を探《さが》し始めた。

わたしはその光景を見て、「あっ」と思った。

棚にすっぽりと収《おさ》まっている行李は、どれも子ども用で、新品でなくとも竹の青さが残っていた。

わたしは恐《おそ》る恐《おそ》る、自分の行李を探した。

けれど、わたしの名前の棚には、父が繕《つくろ》ったあの大きなボロボロの行李はなかった。

「あらあら、そうだったわ。中村《なかむら》さんのが、お布団もだけど、行李も届《とど》いてないの。きっと、明日には届くわね」

良子先生はそう言って、わたしに笑いかけた。

わたしは行李が、ずっと届かないことを祈《いの》った。

着たきりでもいい、替《か》えのパンツなんてなくてもいい。あの行李が届いて、この棚からはみだした光景を想像《そうぞう》するだけで、惨《みじ》めだった。

その夜、わたしは食堂に座っていても行李のことを考えると、目の前の夕食に手がつけられなかった。

お腹《なか》はすいていたけれど、食べ物が喉《のど》を通らなかった。

長いテーブルの端《はし》に、担任の先生方が座り、途中《とちゅう》のちょうど真ん中に寮母さんが座っていた。

わたしは泣きたかった。

けれど、同じ部屋になった三年生の山岡友子《ともこ》ちゃんがわたしの隣で、けなげにおはしを持ち、ご飯を食べるのを見たとき、わたしもおはしを持った。

「今日はね、入園式のお祝いだから、特別に、まぜご飯とオムレツを調理のおばさんたちが作ってくれたのよ」

良子先生が、周りの子どもたちにきこえるように話してくれた。

アルミニウムのお碗《わん》に盛《も》られたまぜご飯を口に入れ、同じアルミニウムのお皿の上にのっているオムレツをおはしでちぎった。

ふとそのとき、こんなぜいたくをしているのは、家族の中で、わたしだけかもしれないと思った。

姉は以前、成増《なります》のアパートを訪《たず》ねたわたしに、

「お給料まえになると、一日一個《こ》のりんごで頑張《がんば》るの」

と言って、小さな棚の上に置いたりんごを手に取った。

(姉は今ごろ、何を食べているのだろう)

バラバラの家族ではあったけれど、そう思うと、子どもの自分だけがこんなごちそうを食べていることが申し訳ない気がした。

父はまたあの池袋の街のどこかの居酒屋《いざかや》で、お酒を飲み始めたかもしれない。でも、もう、わたしがいないので、お銚子《ちょうし》をおごってくれる人もいないだろう。

母は、秋から冬にかけて、ぜん息が出て苦しんでいた。

わたしは突然《とつぜん》、喉もとにこみあげてくるかなしみに襲《おそ》われて、ご飯を飲みこめなくなった。

涙《なみだ》がポロッと、ご飯の上に落ちた。

顔を上げて、涙を止めようとしたとき、隣の友子ちゃんがお碗を持ったまま動かないことに気がついた。

友子ちゃんはお碗を持ったまま、声を上げずに泣いていた。

わたしは上級生である自分がしっかりしなくてはと、唇《くちびる》をかんだ。


「中村さんのお布団、どうしようかしら」

部屋にそれぞれ自分の布団を敷《し》き始めると、良子先生は「ああ、そうだった」と、わたしの布団がないことに気がついてくれた。

「そうしたらね、遠いのだけど、静養室のお布団を借りてきましょうか」

良子先生が立ち上がったとき、

「わたしといっしょに寝《ね》てもいいよ」

布団を敷き終わった友子ちゃんが、良子先生の傍《かたわ》らに来て言った。

「ホント？　じゃ、いっしょに寝てくれる？」

良子先生が、友子ちゃんとわたしに言った。

「いいよ」

友子ちゃんは、色白の頬《ほお》をちょっとピンクに染《そ》めてうなずいた。

わたしはパジャマも行李の中だったので、セーターを脱《ぬ》いで、ブラウスとズボンの格好《かっこう》で布団に入れてもらった。

「枕《まくら》、ちっこいけど、半分いいよ」

友子ちゃんはお兄ちゃん似《に》の、少し上を向いた鼻を膨《ふく》らませてわたしに笑いかけた。

わたしは友子ちゃんのやさしさにとまどっていて、すぐに「ありがとう」という言葉が出てこなかった。

「わたしのお父ちゃんね、病気で死んじゃって、お母ちゃん働いてたんだけど、入院したの」

友子ちゃんはささやくように、自分の父と母のことをしゃべった。

わたしは黙《だま》ったままうなずいた。

やがて、消灯になると同時に、部屋の真ん中につけられたスピーカーから音楽が流れてきた。

「あっ、この曲、きいたことある」

友子ちゃんが、曲に合わせて唇を動かす仕草をした。

わたしは目を閉《と》じて、その曲をきいた。

夕空晴れて　秋風吹《ふ》き
月影《つきかげ》落ちて　鈴虫《すずむし》鳴く
思えば遠し　故郷《こきょう》の空

そこまでの歌詞《かし》が頭に浮《う》かんだが、それ以上考えないようにした。
東京の空の下に住む、父と母と姉を思いだすのが、つらかったからだ。

第四章　脱走《だっそう》

学園で暮《く》らし始めてわかったのは、何かにつけてスピーカーから歌詞《かし》のない曲が流れるということだった。

朝の起床《きしょう》から始まって、昼食、おやつ、夕食、就寝《しゅうしん》のいずれにも、それぞれに決まった曲が流れた。

朝、布団《ふとん》の中で検温《けんおん》とともにきく曲は、みんなが良子《りょうこ》先生に自分の体温を報告《ほうこく》する声でかき消されて、朝食の曲も、あわただしく食堂へ行くバタバタとした足音で、いつ終わったのかも覚えていなかった。

だから、一日が終わり、眠《ねむ》りにつくまえにきくバイオリン曲の『故郷《こきょう》の空《そら》』が流れるときが、ゆいいつゆっくりする時間だったけれど、わたしは歌詞を頭に浮《う》かべないようにしていた。

それでも昔、音楽の時間に習った歌詞は自然と浮かんでくるときもある。

夕空晴れて　秋風吹《ふ》き
月影《つきかげ》落ちて　鈴虫《すずむし》鳴く
思えば遠し　故郷《こきょう》の空
ああ、我《わ》が父母　いかにおはす

入園から三日後、わたしの布団とあの行李《こうり》が到着《とうちゃく》した。わたしは電話室に呼《よ》ばれて、自分の荷物と対面した。

その行李を見た瞬間《しゅんかん》の各寮《りょう》の先生方の息をのんだような表情《ひょうじょう》を、わたしはしばらく忘《わす》れることができなかった。

わたしは自分の貧《まず》しさを、この行李で再《ふたた》び教えられたような気がした。

わたしの行李は子ども用の行李のサイズに作られた棚《たな》に収《おさ》まるわけもなく、半分以上畳《たたみ》にせりだしていて、持ち主のわたしでさえ、なんて薄汚《うすぎたな》いのだろうと思った。

雨が降《ふ》って外で遊べない男の子たちが、部屋中を走り回っているとき、よくわたしの行李に足をぶつけた。

わたしは部屋にだれもいないとき、自分の行李にそうっと触《さわ》った。

父が、一針《ひとはり》一針《ひとはり》繕《つくろ》った行李の角の麻《あさ》の布《ぬの》は、男の子たちの足がぶつかって、また、はがれかかっていた。

わたしは、行李が父のように思えた。

コツコツと地道に生きることを拒《こば》み、一攫千金《いっかくせんきん》を夢《ゆめ》見てお酒におぼれ、赤提灯《あかちょうちん》の下がった店で焼酎《しょうちゅう》の梅割《うめわ》りを飲むことだけが喜びのような父。

汚《よご》れてヨレヨレになったレインコートの父と、古くてボロボロの行李が重なって見えた。

「それでは、出席を取ります。男子から」

五年生の担任《たんにん》の内山芙美《うちやまふみ》先生は、背《せ》のスラッとした女の人で、首筋《くびすじ》までの髪《かみ》にパーマをかけていた。

物静かで、よく見ると瞳《ひとみ》が茶色がかっていた。わたしは、内山先生がセーターもスカートも茶色系《けい》なのは、瞳の色に合わせているのだろうと思っていた。

内山先生は体育の時間になると、長いスカートからほんの少し見える足に、真っ白な運動靴《うんどうぐつ》をはいた。

それがとても清潔《せいけつ》で、わたしはいつか自分も大人になったら、白い運動靴をはきたいと思うようになった。

「一番　甲斐《かい》　行夫《ゆきお》君

二番　北島《きたじま》　弘《ひろし》君

三番　築地《つきじ》　信也《しんや》君

四番　浜本《はまもと》　明《あきら》君

五番　丸山《まるやま》　次郎《じろう》君

六番　山内《やまうち》　豊《ゆたか》君

七番　山岡《やまおか》　透《とおる》君

八番　渡辺《わたなべ》　正男《まさお》君

次は女の子の

一番　中村《なかむら》　早苗《さなえ》さん

二番　松井《まつい》　みどりさん

三番　守田《もりた》　順子《じゅんこ》さん」

内山先生は、五年生十一人の出席を出席簿《しゅっせきぼ》に書きこんだ。

それは毎朝のことなので、わたしは十人のクラスメートの名前をすぐに覚えた。

甲斐君と北島君と渡辺君は、授業中《じゅぎょうちゅう》、いつでもいたずらをしていてしかられた。

勉強ができたのは、浜本君と築地君だったが、二人とも、そのことを自慢《じまん》するそぶりも見せなかった。

いつも物静かな築地君は、ぜん息がひどくて竹田学園へ来ていたので、静養室で寝《ね》ていることが多かった。

山岡君は、勉強以外のことになると元気になって、みんなを笑わせた。そして何より、妹思いだった。

丸山君は、釣《つ》りの名人であることが、近くを流れる白孤川《びゃっこがわ》に行って、わかった。

工作の時間に力を発揮《はっき》するのが、山内君だった。

入園式の日、わたしを浮浪児《ふろうじ》と呼んだ松井さんは、わたしとは距離《きょり》を取っているようで、何か相談することがあると、おとなしい守田さんのところに行った。

松井さんは持病があるらしく、いつも小さなプラスチックの入れ物を持ち歩いていて、唇《くちびる》の下に透明《とうめい》の薬を塗《ぬ》りこんでいた。

守田さんは細くて、小さな女の子で、ほとんど発言もしないかわり、いじわるなことも言わなかった。

わたしは一年ぶりの規則《きそく》正しい生活と勉強についていくので必死だった。

五時の夕食の後の六時から七時までの一時間が、自習の時間だった。

このときは、廊下《ろうか》を隔《へだ》てて並《なら》んでいる四つの寮すべてが、シーンとして静かになった。

お風呂《ふろ》は週に三日で、自習時間の後に、男女別々に集団《しゅうだん》で入りに行った。

わたしは、お風呂に入るのが好きになった。

灰色《はいいろ》のコンクリートでできた浴室は、決してきれいではなかったが、学年を越《こ》えた女子全員で入るのは楽しかった。

ただ一つ学園生活でこわくていやだったのが、お便所だった。

甲斐君や北島君たちが、教室でおもしろおかしくしゃべる、

「便所の糞壺《くそつぼ》の中から、こう、手が伸《の》びてきてさ」

という話の影響《えいきょう》もあったのだろう。

浴室と同じコンクリート造《づく》りのお便所は、学園のいちばん西側にあった。

夕方になると、西日がお便所の右側についているガラス窓《まど》に差して、お便所全体がまるで赤いクレヨンで塗りつぶしたようになった。

その時間までのお便所はこわくなかったが、だんだん日が落ちて暗くなり、窓の外にある一本の大木が見えなくなるほどの真っ暗な夜を迎《むか》えると、子どもたちは人を誘《さそ》って中に入った。

通路の両側に五つずつ個室《こしつ》が並ぶお便所は相当広いのに、天井《てんじょう》についているのは、裸電球《はだかでんきゅう》一つだけだった。

どの子も、木でできたサンダルを、コンクリートの床《ゆか》にカンカンたたきつけるようにして、個室に入った。

音でお化けが逃《に》げていくとだれかが言った言葉を、みんな信じこんでいたのだ。


入園して一週間目、部屋で自習をしていると、スピーカーから山下先生の声がした。

「五年生の甲斐君、北島君、渡辺君、至急職員室《しきゅうしょくいんしつ》に来なさい」

その放送をきいていた六年生の上野正吉《うえのまさきち》君が、

「あいつら、脱走したんだぜ」

と言った。

「脱走？　脱走って何、どういうこと？」

自習時間にもかかわらず、下級生の子どもたちが上野君を取り囲んだ。

「学園の隣《となり》を電車が走ってるだろ。今の時間は二時間ぐらい電車が通らないのを時刻表《じこくひょう》で確《たし》かめて、線路の上を歩いて東京《とうきょう》へ帰ろうとしたんだよ」

上野君の話に、三年生の森一郎《もりいちろう》君が身を乗りだして質問《しつもん》した。

「そうすれば、ほんとうに東京に帰れるの？」

上野君は、エンピツをノートの上にパタンと倒《たお》した。

「おれ、この学園に三年いるけど、脱走して東京へ帰れたやつなんて一人もいない」

「そうなんだ」

森君の表情に落胆《らくたん》の色が浮かんだ。

「脱走がわかると、山下先生が千葉《ちば》までの各駅に電話をするんだ。線路を歩いてる子がいたら保《ほ》護《ご》してくれって」

上野君の言葉に、森君が食い下がるようにきいた。

「じゃ、駅へ行かなければいいんだね」

上野君は、「フン」と鼻で笑った。

「駅でなきゃ、公衆電話《こうしゅう》がないし、ほかの道なんて、どこをどう歩いたら東京に近づくか、わからないだろ。だから線路の上を歩くんだよ。それで、一時間も真っ暗な線路を歩いて、遠くにぼんやりと駅舎《えきしゃ》の灯《あか》りが見えると、ホッとして駅に行っちゃうんだよ」

「公衆電話がなんで必要なの？」

わたしと同学年の山内君がきいた。

「親に電話して、迎えに来てって、言うんだよ。なんていう駅にいるからって」

「ああ、そうか」

山内君がうなずいた。

「なのに、どうして東京へ帰れないの？」

森君が、首をかしげながらきいた。

「あのな、この学園に来たかなりのやつらはさ、家にいられない事情があるから来たんだよ。迎えに来てくれって電話したって、結局は引き取れないから、『うちの子が何々って駅にいるから連《つ》れ戻《もど》してください』って学園に連絡《れんらく》してくるのさ。家に帰れる条件《じょうけん》がそろってるのは、体の弱いやつらだけど、あいつら金持ちがほとんどだから。でも、脱走なんてしない」

「どうして？」

友子ちゃんが、上野君を見上げた。

「体が弱いのに、何時間も線路の上を歩けないだろ」

「ああ、そうか」

わたしたちは納得《なっとく》して、自分の場所に戻った。

わたしは、東京が恋《こい》しいのはわたしだけじゃないということに安心した。

そして、わたしには帰る家がないけれど、家があるのに事情があって帰れない子どもたちもいるという事実に同情した。


その夜遅《おそ》く、三人は山下先生に連れられて学園に帰り、食堂でおにぎりを食べさせてもらっていたという話を、翌朝《よくあさ》うわさできいた。

学園の横を東京行きの電車が走っていくのを見るたび、「脱走」という言葉がわたしの胸《むね》にかなしく響《ひび》いた。

第五章　チョコレート

朝食のまえの海岸散歩で、わたしたちは遠くに見える富士山《ふじさん》に向かって、

「海の風　山の風

そら朝だ　はねおきろ」

と始まる学園歌を毎日歌った。

山下《やました》先生は朝七時までには、近くにある自分の家から出勤《しゅっきん》して、海岸散歩から夕食までを子どもたちと過《す》ごした。

それ以外の学級の担任《たんにん》の先生方三人は東京《とうきょう》の小学校から転勤してきていたので、学園の中の職員寮《しょくいんりょう》に住んでいた。

三年が女の先生、四年が中年の男の先生だった。

その先生方も教室にいるときより、明るい顔つきになって、内山《うちやま》先生もスカートのすそをひる

がえして、貝を拾ったりした。

わたしは海を見ると、半年まえに預《あず》けられた九十九里《くじゅうくり》を思いだした。

「あそこ、ほら、海の向こうに見えるあの半島が神奈川県《かながわけん》の三浦半島《みうらはんとう》だ」

山岡君《やまおか》が、友子《ともこ》ちゃんに指差して教えた。

「あそこから、お母ちゃんのいる病院までどう行くの？」

友子ちゃんがきいた。

「遠くて行かれやしないよ」

山岡君はそう言うと、海に向かって小石を投げた。


散歩から帰ると朝食だった。

わたしは、一日三食、食事がとれることがうれしくてならなかった。

ある朝、食堂のイスに座《すわ》ると、ご飯と味噌汁《みそしる》といっしょに生卵《なまたまご》が小鉢《こばち》に入って置いてあった。

「ワァ、生卵だぁ」

と歓声《かんせい》を上げる子どもたちもいたが、生卵がダメな子どももいて、その子どもたちには、ゆで卵がついていた。

わたしは世界中で何がいちばん好きときかれたら、考えることなく「卵」と答えるほど、卵が好きだったが、池袋《いけぶくろ》での父との生活の中では卵は貴重品《きちょうひん》だった。


「なこちゃん、いいか、生卵をご飯にかけるよ。うまいぞー」

定食屋での父の声がきこえるような気がした。

「お父ちゃんは、この生卵をはしで割《わ》って吸《す》うのが好きなんだ」

父は直接《ちょくせつ》卵に唇《くちびる》をつけて、中身を吸った。

「ありがたいなぁ、卵は滋養《じよう》がつくんだぞ」

卵を買って食べられる日は、幸せだった。


わたしは生卵を割って、そのまま白いご飯の上にかけた。

お醬油《しょうゆ》を一滴《てき》たらして、かきまぜた。

(わたしだけ、幸せになってる)

ふと、そう思った。

卵かけご飯を口の中に、ズルッズルッと流しこんだ。

「早苗《さなえ》ちゃん、いい食べっぷりだねぇ。先生の卵があるから、もう一杯《ぱい》、どうだ」

気がつくと、ゆり寮のテーブルの端《はし》に座っていた山下先生がわたしに卵を差しだしてくれていた。

わたしは「ハイ」と小さく返事してご飯のお代わりの列に並《なら》んだ。

「いいな、ひいき……だよな。おれだって食いたいのに……」

列に並んだわたしの耳に、そんな言葉がきこえてきた。

わたしが並んでいる隣《となり》のテーブルには、まつ寮の子どもたちが座っていた。

「ひいき……」

わたしが声のしたほうを見ると、北島君《きたじま》と目が合った。

北島君は右頬《みぎほお》に、かなり目立つ傷《きず》があった。北島君の目がわたしをにらんでいた。

わたしは視線《しせん》を戻《もど》した。

何を言われてもどんな目つきをされても平気だった。

わたしにとって、食べられる幸せがあればどんなことにも耐《た》えられると思った。

そんなわたしにとっても、つらい時間があった。

それは日曜の夕方で、家に手紙を書く時間になっていた。

寮の長いテーブルを囲んで、みんなが手紙を書くのを、わたしはぼんやり見ていた。

学園の保護者《ほごしゃ》の住所録に載《の》っている父の住所は、以前のもので、正確《せいかく》に言えば今は住所不定だった。

姉の三畳《じょう》一間の部屋の住所は、知らなかった。

わたしはしかたなく、日記帳を開いた。

「中村《なかむら》さん、手紙を書いてません」

目の前に座っていた四年生の竹中《たけなか》あき子《こ》さんが、良子《りょうこ》先生に告げた。

「あら」

良子先生は、スッと立ち上がって、わたしの隣に来ると、

「便箋《びんせん》がないの？」

と、わたしにきいた。

わたしはとっさに、「ハイ」とうなずいた。

「じゃ、先生のをあげるから来なさい。これからはすぐに言ってね」

良子先生は自分の机《つくえ》に戻った。

わたしはもらった便箋に、ほかの子どもたちに見えないように腕《うで》で隠《かく》すようにして、
あいうえお
という字をくり返して書いた。

翌週《よくしゅう》、手紙を書く時間になったとき、まつ寮の寮母の佐々木玉子《ささきたまこ》先生が、ゆり寮の戸をガラッと開けて入ってきた。

「オッ、まずい、玉子先生だ」

男の子の声がした。

玉子先生は若《わか》かったけれど、赤い縁《ふち》の両脇《りょうわき》が上がったメガネをかけていて、いかにもこわそうな印象の先生だったし、実際《じっさい》いたずらした子にはポンポンと怒《おこ》っていたので、子どもたちから一目置かれていた。

「良子先生ー、ちょっと、早苗ちゃん借りていい？」

玉子先生はそう良子先生に声をかけると、わたしに「おいで」というように手招《てまね》きした。

「おまえ、何かやったの？」

上野君《うえの》にきかれて、わたしは首をかしげた。

玉子先生は自分の部屋のまつ寮のようすをガラス窓《まど》の外からのぞくと、「よし、よし」とうなずいた。

それから、

「早苗ちゃん、電話室でみんなの洗濯物《せんたくもの》たたむのを手伝ってくれる?」

と、わたしをふり返った。

手紙を書く必要のないわたしは、すぐに「ハイ」と返事をした。

三畳ほどの電話室は、畳敷《たたみじ》きになっていて、玄関《げんかん》や職員室と通路を隔《へだ》てて向かい合っていた。

寮母先生たちがよくそこに集まっていることを、わたしは知っていた。

わたしたちの前では、あまり笑わない寮母先生たちの笑い声が、その電話室から響《ひび》いていた。

東京の親から特別の用で電話がかかってくるときだけ、子どもたちは昔ながらの黒い電話機のある部屋に入れた。

子どもたちは電話室から戻ってくる子どもに、「なんの用だった?」とまずきいてから、電話室がどんな部屋になっているのか、たずねた。

電話室に呼《よ》ばれる子どもは、ちょっとした英雄扱《えいゆうあつか》いだった。

その電話室に入れたわたしは、うれしさで、目の前に乱雑《らんざつ》に積み上げられたたくさんの数の洗濯物を見ても、ちっともいやではなかった。

「良子先生から、早苗ちゃんの手紙のこときいてね……」

玉子先生は片手《かたて》で、山のような洗濯物の中からシャツを取りだしてたたみ始めた。

わたしも玉子先生の手元をまねながら、同じようにシャツをたたんだ。

どのシャツやパンツにも、子どもたちの名前が直接《ちょくせつ》書いてあったり、名前の書かれた布《ぬの》が縫《ぬ》いつけられたりしていた。

そのほとんどが新品だったが、「中村早苗」と書かれたシャツもパンツも布が黄色がかっていた。

わたしは顔が赤くなるのを感じて、うつむいた。

「早苗ちゃん、すごくいい子だって、寮母先生たちが言ってるのよ。それと日記が上手だって」

玉子先生のあたたかい言葉が、わたしの胸《むね》にすっと入ってこないで、心の扉《とびら》の外で空回りしているような気がした。

あのボロボロの行李《こうり》とこの黄色がかった古い下着が、わたしの心の扉を閉《と》ざしていたのかもしれない。

「早苗ちゃん、一月に部屋替《が》えがあるの。そしたら、まつ寮に来てね」

わたしは、うつむいたままうなずいた。

うなずきながら、わたしは心の中で、

(信じちゃダメよ。人の心なんて変わるから)

と、つぶやいていた。

信じたら傷《きず》つくと教えてくれたのは、父だった。

「なこちゃん、また、学校に行けるようにするから。お父ちゃん、もう一勝負して」

「なこちゃん、競馬が当たったら、帰りに蟹《かに》食べような」

「なこちゃん、もうすぐお母ちゃんに会えるよ」

そのどれもが、父には実現《じつげん》できないことだった。

いつからわたしは父の言葉を信じなくなったのだろう。そして、ほかの人の言葉も。

「さっ、終わった。ありがとう。早苗ちゃん、これごほうび、みんなにないしょよ」

気がつくと、洗濯物がきれいに寮ごとの箱に収《おさ》まっていた。

玉子先生はエプロンのポケットから、一枚《まい》のチョコレートを取りだすと、パンと半分に割《わ》ってわたしにくれた。

わたしはびっくりして、玉子先生を見上げた。

寮のおやつの時間にも、チョコレートは出たことがないほどの貴重品《きちょうひん》だった。

わたしは夢《ゆめ》を見ているような気がした。

第六章　ふりかけ

学園での生活が一か月を過《す》ぎるころだった。

朝食の時間、良子《りょうこ》先生の傍《かたわ》らにある、エビオス錠《じょう》の入った大きな瓶《びん》の隣《となり》に、瀬戸物《せともの》のふたつきの容器《ようき》が置かれるようになった。

寮《りょう》の子どもたちにとって、甘《あま》い物はほんの少しのおやつだけに限《かぎ》られていたので、食の細い子以外はみんな食べ物に敏感《びんかん》になっていた。

ゆり寮の子どもたちは、良子先生のエビオス錠まで食べたがっていたから、その隣の、しかも高級そうな容器が気になってしかたがなかった。

「先生、それ、何？」

と、最初に質問《しつもん》したのは、三年生の森《もり》君だった。

良子先生は、

「ああ、これは竹中《たけなか》あき子《こ》ちゃんがカルシウム不足なので、おうちの人が心配して送ってきたふりかけよ」

と教えてくれた。

「ふりかけ！」

みんなの目が、容器に集中した。

学園での食事にもときおりふりかけが出たが、小さな袋《ふくろ》に入った個人用《こじんよう》のに限られていた。

「先生、ご飯にかけて」

竹中さんが、甘えるようにご飯茶碗《ぢゃわん》を良子先生に差しだした。

竹中さんの持つ白いご飯の上に茶色と黄色の混《ま》ざった粉が、パラパラとかけられた。

竹中さんは、もともと食べ物の好ききらいが多くて、よくおかずを残していた。

カルシウム不足というより偏食《へんしょく》のために、親がふりかけを用意したのだとわたしは思った。

「竹中さん、おれと竹中さん、友だちだよな」

突然《とつぜん》、隣のばら寮にいる甲斐《かい》君と渡辺《わたなべ》君が、しゃがんだままご飯を持って、竹中さんの傍らに移動《いどう》してきた。

「ええ？　これ、あき子のなのよ」

竹中さんが考えるそぶりをすると、二人は、

「竹中さんの言うことなら、なんでもきく。お願い」

と言って、床《ゆか》にご飯茶碗を置いて、両手を合わせた。

「じゃ、少しね」

竹中さんは、自分で容器の中のさじに、手を伸《の》ばした。

それを見ていたゆり寮の男の子数人が、次々と竹中さんにふりかけをねだり始めた。

しまいには、まつ寮の北島《きたじま》君までが頭をかきながら歩いてきて、竹中さんに自分のご飯茶碗を差しだした。

「やだ、あき子の分がなくなっちゃう。良子先生、パパとママに電話して新しいのを送ってもらって」

竹中さんの言葉に、良子先生が複雑《ふくざつ》そうな表情《ひょうじょう》でうなずいた。

正直に言えば、わたしもそのふりかけが欲《ほ》しかった。

ふりかけがあれば、おかずがなくなっても、それだけでご飯を何杯《なんばい》もお代わりして食べられたからだ。

お腹《なか》がすいて、お腹がすいて、食べることだけが楽しみのわたしにとって、竹中さんのふりか

け は宝石《ほうせき》のように見えた。

けれど、自分の自尊心《じそんしん》を捨《す》ててまで、竹中さんにふりかけをくれとは言えなかった。

わたしは残りの味噌汁《みそしる》を飲みきって、テーブルの上に置こうとしたとき、斜《なな》め前に座《すわ》っている森君の目がずっとふりかけの容器を見ていることに、気がついた。

ああ、森君もふりかけが食べたいのだとわかった。

でも森君は、竹中さんにふりかけをくれとは言わなかった。ただじっと、その容器をにらむように見つめていた。

朝食が終わると、わたしたちは部屋に戻《もど》り宿題のノートと筆記用具の入った筆箱だけを持って、部屋と廊下《ろうか》続きになっているそれぞれの学年の教室に入った。

通学時間五分が、学園生活のいいところの一つだと山下《やました》先生が言っていたとおりだった。

五年生のクラスの中で、甲斐君と北島君と渡辺君は宿題をしてこないので、いつも内山《うちやま》先生にしかられていた。

松井《まつい》さんは、授業中《じゅぎょうちゅう》も容器に入った薬をあごに塗《ぬ》っていた。

休み時間になると、男の子たちは集まって運動場に出ていったが、女子三人は教室に残っていた。

松井さんは、守田《もりた》さんと二人で折り紙をしたりあやとりをしたりしていたが、わたしに声をかけることはなかった。

わたしは窓《まど》の外で草を食べる運動場の山羊《やぎ》やときおり通る電車を、ぼんやりと見ていることが多かった。

学園の周りの山々は、いつの間にか紅葉《こうよう》し始めていた。

一年まえ、東京《とうきょう》の小学校の遠足で紅葉真っさかりの高尾山《たかおさん》へ登ったときのことを思いだした。

わたしの家は貧乏《びんぼう》になりかけていたが、わたしには親友の尾本《おもと》かおりがいて、正直に自分のことを話していた。

祖母《そぼ》と二人暮《ぐ》らしだったかおりは、月一回しか母親と会えない生活だったから、

「それでも、なこちゃんのほうが、あたいよりいいよ。お父ちゃんもお母ちゃんもいて」

と言っていた。

わたしは机に頬杖《ほおづえ》をつきながら、今もしここにかおりがいたら、父とのホームレスだった日々

を正直に言うだろうかと考えた。

かおりは、わたしをバカにしたりはしないだろうが、全部は言えないかもしれないと思った。寝返《ねがえ》りをするたびギシギシと音をたてる簡易宿泊所《かんいしゅくはくじょ》のベッドで眠《ねむ》ったこと、中にお父さんがいるとうそをついて映画館《えいがかん》に入ったこと、パチンコでお金をかせいだこと……そんなことをしたと言ったら、それでもかおりは、「なこちゃんのほうがいいよ」と言うだろうか。

わたしはそのころ、すっかり、だれともしゃべらない子になっていた。


日曜日の朝、わたしたちは初めて、寮ごとの自由外出をすることになった。

それより一週間まえに、六年生が中心となって作った、自由外出の計画表を山下先生に見てもらっていた。

だから、それぞれの寮の六年生が自由外出のリーダーで、下級生はその指示《しじ》をきかなければならなかった。

わたしは六年生の上野《うえの》君と塚本康之《つかもとやすゆき》君の二人が出す指示に、従順《じゅうじゅん》に従《したが》うふりをしたが、心の中に、

（わたしだって六年生なのに……）

という複雑な思いを常《つね》に抱《かか》えていた。

ゆり寮は、学園の近くを流れる白孤川《びゃっこがわ》に釣《つ》りに行くことになっていた。

「何しろ、三年生が川に入ったりしないように、交通事故《じこ》にあわないように、注意して」

上野君が、キビキビと指示を出した。

もし、不都合なことが起きると、来月の自由外出は中止されることになっていた。

先生方から離《はな》れて、学園の門を堂々と出られるのは、このときぐらいしかなかった。

わたしは、友子《ともこ》ちゃんの手を握《にぎ》った。

友子ちゃんは兄の山岡《やまおか》君以外とはあまりしゃべらない子だったから、精神的《せいしんてき》にも楽だった。

白孤川での釣りを始めるとき、上野君と塚本君がバケツの中にミミズを集めてきて、わたしたちの釣りざおの先につけてくれた。

それはいくら六年生でも、わたしにはできないことなので、わたしは二人に感謝《かんしゃ》した。

友子ちゃんは釣りざおを持ったまま、わたしについてきた。

「中村《なかむら》さん」

友子ちゃんが、めずらしくわたしに話しかけてきた。

「この川は海へ流れこんでるってお兄ちゃんが言ってたんだけど、そうなの?」

おかっぱ頭の友子ちゃんの言葉に、わたしはうなずいた。

するとと友子ちゃんは、スカートのポケットから笹《ささ》で作った笹舟《ささぶね》を取りだして、わたしに見せた。きけば、学園の庭の笹で折ったのだという。

「友子ね、お母ちゃんの病気がよくなりますようにって、いっぱい、いっぱい祈《いの》って折ったんだ」

友子ちゃんはしゃがみこむと、そっと手を伸ばして笹舟を川面《かわも》に浮《う》かべた。

わたしは何も言えず黙《だま》ったまま、流れていく笹舟を見ていた。

「ワッ、ヤッタ、ダボハゼだ」

すぐそばで男の子たちの歓声《かんせい》が上がった。

「エーッ、見せて、見せて」

子どもたちが釣り上がったダボハゼを見に、走りだした。

でも、わたしと友子ちゃんは、しゃがんだまま、流れ続けていく笹舟を見ていた。

夕方の自習時間、五年生の山内《やまうち》君と築地《つきじ》君が、ヒソヒソと話している声がきこえた。

「また脱走《だっそう》したんだって。甲斐たち」

わたしの胸《むね》が、ドキンと音をたてた。

「この間は、木更津《きさらづ》で捕《つか》まったから、今度はぜったい東京へ行くって、言ってたらしい」

山内君が、築地君にささやいた。

「金、あるの？」

築地君が、きき返した。

「百円札を運動場に埋《う》めといたんだけど、山羊に食べられたらしい」

山内君の言葉に、築地君が、

「あいつら、バカだもんなぁ」

と言った。

寮の前の廊下を、寮母先生たちがバタバタと走り回っていた。

次の朝、五年生の教室の中で、甲斐君と北島君と渡辺君は、男子に取り囲まれていた。

「どこまで行ったんだ？」

「千葉《ちば》駅」

甲斐君の言葉に、

「ウソ！　すげぇ」

という男子の声がした。

「そしたら、すぐ東京じゃん」

山岡君が言った。

「北島がよ、父ちゃんに電話したんだ。千葉駅にいるって。そしたら、北島の父ちゃんが学園に電話しちゃったんだよ。それで山下先生が迎《むか》えに来たんだ」

渡辺君が口をとがらせて、北島君をにらんだ。

北島君は、窓の外を見ていた。

北島君の家は、父子家庭だと言っていたことがあった。

わたしは、まえに上野君が言っていた言葉を思いだした。

「親が子どもに帰られちゃ困《こま》るから、園に連絡《れんらく》するんだ」

窓の外を見ていた北島君の横顔から、涙《なみだ》がスーッと落ちた。

いのちなき砂のかなしさよ
さらさらと
握れば指のあひだより落つ

第七章　啄木《たくぼく》の歌集

竹中《たけなか》さんのふりかけは、あいかわらず子どもたちのあこがれの的だった。

ある朝、今まで一度もふりかけをねだったことのない山岡《やまおか》君が、表情《ひょうじょう》だけはムッとしたまま色白の頬《ほお》を赤くして、竹中さんの前に立つと、

「竹中さん、ふりかけをください」

と言った。

わたしより先におかずのつくだ煮《に》を取ろうとしていた友子《ともこ》ちゃんのおはしが止まった。

「エーッ、やだぁ、あき子の分がなくなっちゃう」

と、竹中さんが、声を上げながら、良子《りょうこ》先生を見た。

山岡君はじっとうつむいたまま動かなかった。

「少しね、少しだけよ。もう、これ、あき子のなのにぃ」

竹中さんはそう言うと、ふりかけの容器《ようき》のふたを開けた。

山岡君の頬が、さらに真っ赤になった。

山岡君はふりかけがかかったご飯茶碗《ちゃわん》を持ったまま、うめ寮《りょう》のテーブルへ帰るのに逆《ぎゃく》回りしてゆり寮のテーブルの脇《わき》を通った。

そして、友子ちゃんの傍《かたわ》らに来ると、サッと友子ちゃんのご飯茶碗と自分のを取りかえた。

それはほんとうに一瞬《いっしゅん》のことで、テレビを観《み》ていたほとんどの子どもたちは気がつかなかった。

わたしたち園児がテレビを観られる時間は限《かぎ》られていて、朝食、昼食、夕食の時間と、ほかには週二日それぞれ三十分ずつだったから、どの子も食事中のテレビが楽しみだった。

友子ちゃんは、目の前のふりかけがかかったご飯茶碗を手に取って、黙《だま》って食べた。

わたしは自分の席に戻《もど》った山岡君を見た。

山岡君は怒《おこ》ったような顔をして、ご飯を食べていた。

「あいつ、貧乏《びんぼう》なくせして、すましてんだよな」

五年生の教室に入ると、北島《きたじま》君の声がきこえた。

「生意気だってさ、部屋でも」

甲斐《かい》君の声がわたしを見ると一段《いちだん》と大きくなったので、二人がわたしのことを言っているのだとわかった。

わたしは二人を無視《むし》して、席に着いた。

「貧乏なくせして、竹中さんのことにらんでるんだってよ。ふりかけが欲《ほ》しいなら、そう言えばいいのに」

北島君が言った。

二人は、内山《うちやま》先生が教室に入ってくると、ピタリと話をやめた。

そのころから、わたしの持ち物がよくなくなった。筆箱に入れたはずのエンピツや消しゴムが、なくなっていた。

良子《りょうこ》先生に言えば寮費の中の自分のおこづかいからお金をもらえたが、たびたびなくなるのでもう残高がなくなっていた。

教室の後ろにある、「落とし物」と書かれた空《あ》き缶《かん》の中の短くなったエンピツや、小さくなった消しゴムを見つけて使った。

放課後の三時四十分からの一時間が、自由時間だったので、わたしは一人になれる場所を探《さが》してウロウロした。

やがて、お便所の隣《となり》の小さな図書室には、あまり子どもたちが訪《おとず》れないことを知った。

図書室には卓球台《たっきゅうだい》が置いてあったが、卓球をするのは、無口な浜本《はまもと》君と釣《つ》り名人の丸山《まるやま》君だけなので、わたしが本を読んでいても何も話しかけてこなかった。

二人は卓球にあきると、すぐに図書室を出ていった。

わたしは夕日で真っ赤に染《そ》まる図書室の中で、古い本棚《ほんだな》に手を伸《の》ばした。

教科書以外の本を手にするのも、一年ぶりだった。

東京《とうきょう》の学校の図書館でよく借りた、『はちかつぎ姫《ひめ》』や『白雪姫』などのお姫さま本には、まったく興味《きょうみ》がなくなっている自分に、びっくりした。

現実《げんじつ》に体験した生活の厳《きび》しさのせいで、いつのまにか夢《ゆめ》のような物語を受け入れられなくなっていたのかもしれない。

わたしは毎日毎日、図書室に通った。

ある日、山下《やました》先生が戸を開けて顔を出した。

「ほう、早苗《さなえ》ちゃんは本が好きなのか」

山下先生はそう言うと、本棚の中から一冊《さつ》の本を抜《ぬ》きだした。

「ぼくは、この人が好きでね」

わたしが本をのぞきこむと、本の表紙に、

『一握《いちあく》の砂《すな》』

という文字が書いてあった。

「『いちあくのすな』って、読むんだよ。石川《いしかわ》啄木って人で、教科書にも載《の》ってる有名な歌人なんだよ。読んでみるかい」

わたしは山下先生から本を受け取った。

「いちあくのすな」

わたしは、ゆっくりと声に出して読んだ。

いのちなき砂のかなしさよ
さらさらと
握《にぎ》れば指のあひだより落つ

わたしは千葉《ちば》の外房総《そとぼうそう》にある九十九里《くじゅうくり》の浜《はま》を思いだした。

一年まえの秋の一か月間、わたしは母の兄にあたる伯父《おじ》の家に預《あず》けられていた。

伯父は心を病《や》んだ妻《つま》と、息子《むすこ》の三人で暮《く》らしていた。

伯父の息子の信正《のぶまさ》さんは、わたしの兄と同じ二十二歳《さい》だったがまだ大学受験を目指していた。

信正さんは、突然《とつぜん》の厄介者《やっかいもの》であるわたしにいやな顔一つせず、めんどうを見てくれた。

毎朝四時に伯父の養鰻場《ようまんじょう》のエサにする貝を浜に採《と》りに行く信正さんに、わたしはよくついていった。

まだ夜が明けきらず紫色《むらさきいろ》の空に星が瞬《またた》いている下で、わたしは両手で砂をすくった。

どんなに両手をしっかりつけていても、砂はサラサラと両手のすき間から滑《すべ》り落《お》ちていった。

そのときの砂の感触《かんしょく》が、啄木の歌とともによみがえってきた。

「明日、お迎《むか》えに来るからね」

そう約束して東京に帰っていった母は、翌日《よくじつ》どころか、三日たっても、十日たっても姿《すがた》を現《あらわ》さなかった。

朝、小学校へ通う村の子どもたちを門の中から見送っていたわたしにとって、九十九里での日々はかなしい思い出だった。

けれど、今、啄木の歌がわたしの思い出を懐《なつ》かしさで満たしてくれていた。

いのちなき砂のかなしさよ

という言葉が、わたしの心を捕《と》らえたのだ。
「かなしさ」を表現《ひょうげん》してもいいのだという驚《おどろ》きだった。「かなしさ」は隠《かく》すものだと思っていた
わたしにとって、ほんとうにそれは驚き以外の何物でもなかった。
わたしは歌集を読み進んだ。

たはむれに母を背負《せお》いて
そのあまり軽《かろ》きに泣きて
三歩あゆまず

気がつくとわたしは泣いていた。
母という言葉で、姉を思った。

小さな姉をおぶって、

「軽いね、お姉ちゃん」

と、笑った日があった。

後になって、そのころ姉は母の知り合いに預けられて栄養失調になり、家に帰ってきたと知らされた。

池袋《いけぶくろ》駅の改札口で、背伸《せの》びをしてわたしを見送ってくれた姉の姿を思いだした。

「お姉ちゃん……」

涙《なみだ》がとめどもなく流れた。


その日から、わたしは啄木の歌集に夢中《むちゅう》になった。

「中村《なかむら》はさ……」

「中村がよ……」

クラスでわたしの悪口を言うのは、甲斐君と北島君の二人だったが、いつの間にか渡辺《わたなべ》君も仲間に入っていた。

三人は竹中さんのふりかけをかけてもらう常連《じょうれん》だった。

わたしの、気にしないという態度《たいど》が、よけい彼《かれ》らの感情を逆《さか》なでしたらしかった。
わたしはそんなことより、自由時間が待ちどおしかった。
西日の差す図書室に入るだけで、幸せな気持ちになれた。
そうして、啄木の歌集を開いた。

かなしみといはばいふべき
物の味
我《われ》の嘗《な》めしはあまりに早かり

この歌に出合った瞬間、わたしの胸《むね》に吹《ふ》き矢《や》が当たったような気がした。
遠くに感じていた明治《めいじ》時代の歌人が、すぐ隣にいるような、そんな錯覚《さっかく》を覚えた。
わたしは、ますます啄木の歌が好きになった。
歌集に載っている啄木の写真を、小さなため息とともに見つめた。
もしかすると、それが十一歳のわたしの初恋《はつこい》だったのかもしれない。

部屋に戻ると、現実が待ちかまえていた。

「中村さんの健康カードを、甲斐君たちがニヤニヤして見てたよ」

三年生の森《もり》君が、小さな声ですれちがいざまに教えてくれた。

健康カードには、毎日の検温《けんおん》と便通の回数と尿《にょう》の有無《うむ》を書きこみ、手洗《てあら》い、歯みがきなどの項《こう》目《もく》もあった。

わたしは、良子先生の机《つくえ》の上に載っている、健康カードの束を見た。

甲斐君、北島君、渡辺君の三人と同じ寮でないことに感謝《かんしゃ》した。

ある朝、海岸散歩に出たわたしは、遠くに見える富士山《ふじさん》の山頂《さんちょう》に雪を見つけた。

海から吹いてくる風が、いつになく冷たかった。

学園で迎える初めての冬だった。

第八章　健康カード

学園には、子どもたちが楽しみにしている二つの大きな行事があった。

一つは、保護者《ほごしゃ》の人が会いにきてくれる面会日、もう一つは、年末にある東京《とうきょう》旅行で、それぞれの家に帰る帰省を、東京旅行と呼《よ》んでいた。

けれどわたしは、父はもちろん、ぜん息で苦しんでいる母も、忙《いそが》しく働いている姉も、面会に来てくれるとは思えなかったし、帰る家もなかったから、どちらの行事も自分には関係ないと思っていた。

十一月中旬《ちゅうじゅん》の日曜日が、第一回目の面会日だった。

寮《りょう》でも教室でも、一週間まえから子どもたちの話題は面会日のことばかりだった。

そんな中、朝食の後、わたしは山下《やました》先生に職員室《しょくいんしつ》に呼ばれた。

わたしが職員室の中に入っていくと、山下先生は手紙を箱から取りだした。

「早苗《さなえ》ちゃんのお姉さんからぼくにお手紙が来てね、これからはこの住所に手紙を出してくれとのことだ」

山下先生は六年生の担任《たんにん》のほかに副園長も兼《か》ねていたから、保護者《ほごしゃ》からの連絡《れんらく》は山下先生に来ているようだった。

園長先生は、東京の小学校の校長先生が兼任《けんにん》していたので、園にいる日はほとんどなかった。

わたしは手紙に書かれた住所を見た。

東京都目黒区柿《とうきょうとめぐろくかき》の木坂《きざか》○丁目○番地
東京都立大学《とうきょうとりつだいがく》寮内
塚田和美《つかだかずみ》

と書かれていた。

母の前夫との間に生まれた、父違《ちが》いの兄の住所だった。

兄はまえは違う寮にいたから、移《うつ》ったのだと思った。

「お兄さんかい？」

山下先生がきいた。

「ハイ。でも、お父さんが違います」

わたしが答えると、山下先生は、

「手紙を出せるところができて、よかったね。早苗ちゃんは文が上手だから……」

と言って、わたしを見た。

「それから、早苗ちゃん……」

山下先生は自分の机《つくえ》の上にあった模造紙《もぞうし》を持ち上げた。

「今、先生ね、みんなの体重と身長をグラフにしてるんだが、早苗ちゃん、いい子はね、ご飯をたくさんお代わりして、体重を増《ふ》やして、体が大きくなっていく。早苗ちゃんもいい子になるんだぞ」

山下先生は、そう言って笑った。

わたしは「ハイ」とうなずいた。

教室に入ると、甲斐《かい》君と北島《きたじま》君と渡辺《わたなべ》君の三人がいっせいに鼻をつまんだ。

「くせぇ、中村《なかむら》は一日、二回もうんこしてんだぜ」

わたしは健康カードのことを思いだした。

「どうして、一日に二回もうんこ出るの？」

小柄《こがら》で天然パーマが特徴《とくちょう》の渡辺君が、わたしを見上げて言った。

わたしは黙《だま》って、イスに座《すわ》った。

そのとたん、坊主頭《ぼうずあたま》の甲斐君が、

「ワッ、隣《となり》に来んなよ」

と、大きな声を出して、立ち上がった。

「おまえさぁ、下級生がおまえと同時に便所に入ったら、ボタン、ボタンって、うんこしたって。きったねぇなぁ」

北島君が笑いながら、追い打ちをかけるように言った。

わたしは、健康カードにほんとうのことを書くのはやめようと思った。


月に一〜二度、寮ごとに給食当番が回ってきて、食事の手伝いをするのが楽しみだった。

朝、ご飯や味噌汁《みそしる》の湯気とにおいの中にいると、いやなことを忘《わす》れられた。

昔、母や姉が作ってくれた味噌汁を思いだすと、懐《なつ》かしさで胸《むね》がいっぱいになった。

当番は、おかずの入った食缶《しょくかん》を二人がかりで持ち、それぞれの寮のテーブルの上に置いていく。

そして、食缶のふたを取ると、その日のおかずをだれよりも早く知ることができた。

同じ当番の子たちと、

「今朝は、おからの炒《いた》め物《もの》だね」

小さな声でささやき合った。

朝食はご飯、味噌汁とほかにもう一品だけというメニューだったが、昼食は魚のフライやいり豆腐《どうふ》、コロッケなどがよく出た。

夕食は、房総《ぼうそう》特産だという鯨《くじら》の竜田揚《たつたあ》げや、魚のから揚げが月に一度の割合《わりあい》でメニューに登場した。

鯨の竜田揚げは、子どもたちに大人気だった。

もう一つ、めったにメニューにないカレーも大人気だったが、肉が苦手なわたしは脂身《あぶらみ》を見るだけで、ため息が出た。

それでも、園で出されたものだけが食事のすべてだったから、好ききらいを言っているとお腹《なか》をすかせて惨《みじ》めな思いをすることを経験《けいけん》してからは、なんでも食べられるようになった。

おやつは、小皿にほんの少しのお菓子《かし》だったり、りんご半分だったりが多かったから、子どもたちはいつも甘《あま》い物にあこがれていた。

「浜本《はまもと》、おれ、お赤飯を頼《たの》んだからいっしょに食おうな」

図書室で、卓球《たっきゅう》を始めるまえ、丸山《まるやま》君が浜本君に声をかけた。

「サンキュー」

浜本君がめずらしく笑った。

目がくりんとしてクラスでいちばん背《せ》の高い浜本君は、表情《ひょうじょう》を顔に出すことがない、ひょうひょうとした男の子だったから、意外な気がした。

二人は、わたしが卓球をする二人の傍《かたわ》らで本を読んでいても、ひとことも話しかけてきたことはなかった。

わたしは丸山君の話から、浜本君の家は面会に来ないのだとわかった。

面会日の三日まえ、わたしあてに一通の手紙が届《とど》いた。

急いで裏《うら》を見ると、塚田和美の名前が書いてあった。

なこちゃん、元気ですか。

面会日があることを、お兄さんあての学園便りで知りました。

お姉ちゃんが、なこちゃんに会いに行きますから、待っていてください。

つらいこともあるでしょうが、がまんして暮《く》らしてくださいね。

お姉ちゃんも昼、夜、働いて頑張《がんば》っています。

亜矢子《あやこ》

わたしは手紙を持って、お便所に走った。

入園したころ、あんなにこわかったお便所が、今はわたしの秘密《ひみつ》の個室《こしつ》だった。

戸の鍵《かぎ》をかければ、だれも入ってこなかった。

わたしはお便所の戸に背中をもたせかけて、天井《てんじょう》を見上げた。

お姉ちゃんに会える——そう思うだけで、涙《なみだ》がこぼれた。

お便所の臭《くさ》さも、気にならなかった。

手紙を読み終わって戸を開けようとした、そのとき、わたしは外でひっそりとゲタの足音がしたことに気がついた。

わたしは片袖《かたそで》で涙をふいた。

それから息をひそめて、ゲタの足音に耳をそばだてた。

お便所でのわたしのようすをからかう三人組を思いだし、だれか同じ寮の女の子が言いつけているのかもしれないと思ったのだ。

ゆっくりと、わたしの隣の戸が開き、だれかが個室に入る音がした。

わたしはそれがだれであるか確《たし》かめたくて、急いで戸を開けて出た。

そして、ゲタを脱《ぬ》ぐと図書室に駆《か》けこんで、お便所からだれが出てくるか見ようとした。

手洗《てあら》い場《ば》で手も洗わずにお便所から出てきたのは、友子《ともこ》ちゃんだった。

(友子ちゃんがわたしのことを三人組に言いつけてたの?)

わたしは信じられなかった。

でも、同じ寮でなければ、わたしがいつお便所に行くかまではわからないはずだった。

(まさか、そんなはずはない)

偶然《ぐうぜん》だ。友子ちゃんがお便所に来たのは偶然だったと自分を納得《なっとく》させた。

その夜、初めてわたしは寝《ね》るまえに流れてくる『故郷《こきょう》の空《そら》』の曲の歌詞《かし》を、涙と切《き》り離《はな》して頭に思《おも》い浮《う》かべることができた。

姉に会える――そのことが、わたしの心を強くしてくれたようだった。

「ああ、早く日曜日が来ないかな」

そう思ったのも、初めてのことだった。


「あいつさぁ、ゆうべ平気な顔をして飯食ってたよな」

北島君の声が、教室の後ろからきこえてきた。

「お代わりもしたんだぜ」

甲斐君が言うと、渡辺君が、

「おれ、とっても食えなかった。味噌汁の鮪《まぐろ》がさ、殺したヘビの肉に見えて」

と、口に手を当てた。

「解剖《かいぼう》なんてしなきゃいいのに、おまえがやろうって言うから」

北島君が、甲斐君の頭をはたいた。

「しっかし、浜本って、すげぇよな。あんなことの後に、飯食ってんだから」

渡辺君が、まだ教室に入ってこない浜本君の名前を出した。

「あんたたち、ヘビを殺すとたたりがあるって知らないの?」

松井《まつい》さんが唇《くちびる》の下に薬を塗《ぬ》りながら言った。

「うそ、やべぇ」

渡辺君が頭を抱《かか》えると、北島君も顔を青くさせてイスに腰《こし》を下ろした。

「うそだもんね、そんなこと」

甲斐君が、松井さんに言い返した。

そこに浜本君と丸山君が入ってきて、すぐに内山《うちやま》先生も来たので、ヘビの話は終わった。

わたしは、無口でそんなにいじわるそうでもない浜本君が、ヘビを殺したグループの一人であることに驚《おどろ》いていた。

浜本君の心の中にも、闇《やみ》のようなものがあるのかもしれないと思った。

夕方、わたしは図書室で啄木《たくぼく》の本を読んでいた。

すると、浜本君と丸山君が入ってきて、いつものように卓球を始めた。

カーン、カーンと卓球台のネットを飛《と》び交《か》う球の音をきいているうち、覚えたばかりの歌が頭に浮かんできた。

その昔

小学校の柾屋根《まさやね》に我《わ》が投げし鞠《まり》
いかにかなりけむ

第九章　面会日

面会日の朝は、だれもが朝七時の起床《きしょう》時間より早く起きていて、部屋のあちこちでささやくような話し声がきこえてきた。

いつもならまだ敷《し》いてある良子《りょうこ》先生の布団《ふとん》はもう片《かた》づけられていて、やはり今日は特別な日なのだと思った。

朝食のとき、山下《やました》先生が、

「今日、面会におうちの方が来ない人は、お昼をこの食堂で先生と食べます。いいね、お昼になったら、ここに集合ですよ」

と言った。

わたしは食堂の時計をチラッと見た。

九時三十分になったら、十夜寺《じゅうやじ》前のバス停までお迎《むか》えに行くことになっていた。

まだ八時三十分だった。

朝食を終えると、それぞれの部屋に戻《もど》り、掃除《そうじ》をすることになっていた。

良子先生は頭に三角巾《さんかくきん》をかぶり、白いかっぽう着をつけて、長い柄《え》のついたほうきで部屋の隅々《すみずみ》をはき、そのゴミをわたしたち女の子がチリ取りで集めた。

男の子たちは、窓《まど》ガラスをふいた。

掃除が終わると、スピーカーから山下先生の声が流れてきた。

「おうちの方々を迎えに行きますから、玄関口《げんかんぐち》に集合してください」

どの寮《りょう》からも、子どもたちが我先《われさき》にと外に飛びだしてきた。

わたしも運動靴《うんどうぐつ》にはき替《か》えて、庭に出た。

(お姉ちゃんにもうすぐ会える)

そう思うだけで、胸《むね》がワクワクした。

山下先生を先頭にして、三年生から学年順に並《なら》んで「十夜寺前」と書かれたバス停に歩いていった。

わたしは、五年生の列の中に、浜本《はまもと》君と甲斐《かい》君がいないことに気がついた。

(おうちの人が来ないんだ)

初めからだれも来ないとわかっていても、喜んで家族を迎えに行くわたしたちを見るのはつらいだろうなと思った。

バス停は狭《せま》いので、バス停の手前の十夜寺の空き地で館山《たてやま》行きのバスを待った。

わたしは県道の向こうに見える海を見た。

竹田《たけだ》海岸から見える内房総《うちぼうそう》の海の向こうに、今日も三浦半島《みうらはんとう》がうっすらと姿《すがた》を現《あらわ》し、その後ろに雪をかぶった富士山《ふじさん》が望めた。

わたしは同じ千葉《ちば》の海でも、この内房総と伯父《おじ》の暮《く》らす九十九里《くじゅうくり》では、景色がまったく違《ちが》うと思った。

竹田海岸から見える海の景色には、人が生活する気配を感じた。

ここから船に乗れば三浦半島に行くことも夢《ゆめ》ではなかった。

だから、小さな希望を持つことができた。

実際《じっさい》、わたしは一生懸命《いっしょうけんめい》三浦半島を目指して泳いでいる夢を何回か見た。

それに比《くら》べて、九十九里の海はただ広い海岸線が続くだけで、いっしょに貝を採《と》りに行った信《のぶ》正《まさ》さんが、

「早苗《さなえ》ちゃん、この海の向こうはアメリカですよ」

と言ったとき、わたしは深い絶望感《ぜつぼうかん》のようなものを抱《いだ》いた。

広い砂浜《すなはま》はないけれど、竹田海岸は人の生活と共存《きょうぞん》していた。


「あっ、来た！」

首を伸《の》ばすようにして見ていた男の子が、県道の右側から走ってくるバスを見つけた。

「エッ、ほんと？」

みんなが駆《か》けだそうとするのを、山下先生が止めた。

「バスが停車するまで、動いちゃダメだ」

やがて、わたしたちの前に、館山行きという行き先表示《ひょうじ》のついたバスが走ってきて止まった。

「お母さんだ！」

バスの窓際《まどぎわ》にいた女の人をだれかが指差した。

一人、また一人と、バスからたくさんの荷物を抱《かか》えた大人の人たちが降《お》りてきて、わたしたちのほうに歩いてきた。

「ワアー！」

子どもたちから歓声《かんせい》が上がった。

バスから降りた人たちの中に姉の姿はなく、わたしはまだバスから降りてくる人たちをじっと見つめた。

最後の女の人が降りて、その女の人が県道を渡《わた》るのを待っていたように、バスが走りだした。

わたしは小走りになって、園に向かって歩いている人たちの後ろから、人の顔をのぞきこむようにして、姉を探《さが》した。

もしかして、姉はわたしを見つけられずに先に園に向かっているのかもしれないと思ったのだ。

わたしは、ゾロゾロと歩く人たちの間を行ったり来たりした。

そして、そのどこにも姉がいないことを確《たし》かめると、またバス停に走って戻った。

バス停にはもうだれもいなかった。

園へ帰る道の途中《とちゅう》で、わたしは、

「お姉ちゃんのバカ、なんで来ないんだよ」

と、何度もつぶやいた。

その日は授業《じゅぎょう》参観も兼《か》ねていて、それぞれの学年の教室で合唱が計画されていた。わたしが五年生の教室に入ると、もうお父さんやお母さんたちがそろっていて、いつもわたしたちが座《すわ》るイスに腰《こし》を下ろしていた。

内山《うちやま》先生のオルガンに合わせて、学園歌と『故郷《こきょう》の空《そら》』を歌った。

わたしは、ぼんやりしていた。

姉はなぜ来なかったのだろう。

急病だろうか。

事故《じこ》にあったのだろうか。

わたしは考えているうちに、だんだん心配になってきた。

歌どころではない気がした。

わたしは窓の外を見た。

広い園庭の枯《か》れ草《くさ》の上に、山羊《やぎ》がのんびりと横たわっていた。

午前中いっぱい待っても、姉は来なかった。

合唱が終わって、寮に戻ると、先に教室から戻っていた子どもたちと親で、にぎやかだった。

「ほら、○○ちゃん、お団子《だんご》持ってきたから」

「お母さん、チョコレート持ってきてくれた?」

「お父さんってば……」

そんな会話の中にいるのが、つらかった。

わたしは寮を出て、図書室に入った。

午前中の図書室も、隣《となり》の農家の屋敷林《やしきりん》が窓のほうまで伸びてきていたから、教室ほどは明るくなかった。

わたしが本棚《ほんだな》に近づこうとしたとき、ガラッと引き戸を開く音がした。

ふり返ると、浜本君が立っていた。

浜本君は、「あっ」と小さな声を上げたが、顔をそむけて、そのままわたしとは反対側の本棚に歩いていった。

わたしも何かしゃべると涙《なみだ》が出そうなので、黙《だま》って啄木《たくぼく》の歌集を開いた。

父のごと秋はいかめし
母のごと秋はなつかし

家持たぬ児《こ》に

その歌を読んだとたん、胸がしめつけられるような気がした。

「家持たぬ児」は、まさにわたしだった。

声を出して泣きたかった。

でも、同じ図書室に浜本君がいた。

浜本君も、寮にいるのがつらかったのだろうと思った。

涙がこぼれないように天井《てんじょう》を見上げた。

スピーカーから、昼食の準備《じゅんび》ができたので面会のない子どもたちは食堂に来るように、との放送が流れた。


「早苗ちゃんも、お姉さん来られなかったんだって。森《もり》君もだ。さぁ、ここに座んなさい」

食堂の調理室の前に用意されたテーブルに、山下先生が座っていた。

親が面会に来ない子は、全部で八人で、浜本君と甲斐君もその中にいた。

「さぁ、今日はね、調理のおばさんたちが特別にごちそうを作ってくれたんだぞ。浜で揚《あ》がったカレイを煮《に》たんだそうだ。すごいな」

そう言う山下先生の言葉が、次々とお弁当《べんとう》を食べに食堂に入ってくる親子の会話で、きこえにくくなった。

面会に来た親と、どこでお弁当を食べるかは自由だったが、お茶の用意のある食堂を使う人が多かった。

「昼食を食べたら、うちでトランプやカルタをしような。女房《にょうぼう》がお汁粉《しるこ》を作って待っているから。うちの女房のお汁粉はうまいぞー」

今日は山下先生が何を言っても、だれもがうつむいたままだった。

わたしがおはしを手にしたとき、すぐ後ろから、プンと甘《あま》い酢《す》のにおいがしてきた。

隣に座っていた森君がおはしをくわえたまま、後ろをそっと見た。

「おいなりさんだけじゃなくて、のり巻《ま》きも食べるのよ」

女の人の声がした。

森君の目からポロッと涙がこぼれてご飯茶碗《ちゃわん》に落ちたけれど、森君はみんなにわからないように、ご飯を口いっぱいにほおばった。

わたしは、三年生の森君でさえ耐《た》えているのだと自分に言いきかせた。

ご飯を口に入れると、涙があふれそうになった。

わたしはあわてて、涙とともにご飯を飲みこんだ。

「早苗ちゃん……」

突然《とつぜん》、玉子《たまこ》先生が小走りに走ってきて、わたしの手を取った。

「玄関に来て」

玉子先生について、わたしも廊下《ろうか》を走った。

玄関に、大きな荷物を持った姉が立っていた。

姉は疲《つか》れたというように、荷物を下ろした。

「ごめんね。なこちゃん、寝坊《ねぼう》しちゃったの」

わたしは、姉に抱《だ》きついた。そして、思わず、わっと泣きだした。

第十章　故郷《こきょう》の空《そら》

「ごめんね、なこちゃん。今、昼と夜、働いてて疲《つか》れちゃったの。気がついたら、起きようと思ってた時間を過《す》ぎてて」

姉は何度も謝《あやま》った。

学園の近くを流れる白孤川《びゃっこがわ》の川べりにシートを広げて、わたしと姉は座《すわ》った。

姉は栄養失調が原因《げんいん》で、腎臓《じんぞう》を悪くしたことがあった。

今も疲れると、姉の顔にむくみが出た。

わたしは姉が買ってきてくれた菓子《かし》パンを食べた。

ジャムパンとピーナッツパンを食べても、わたしはまだ甘《あま》い物が食べたかった。

「お姉ちゃん」

わたしは、むくみのある姉の顔を見ないようにして頼《たの》んだ。

「そこの駄菓子屋《だがしや》で、あんこ玉買って」

自由外出の日、その店に並《なら》べてあるあんこ玉を、わたしはいつも横目で見ながら通り過ぎていた。あこがれのお菓子だった。

「いいわよ、いくつでも」

姉にお金をもらって、わたしは駄菓子屋に走った。

三個《こ》買って、姉のもとに戻《もど》った。

シートに座るのも待ちきれず、わたしはまたたくまに三個のあんこ玉を食べきった。

「なこちゃん」

姉が言った。

「ン？」

わたしが姉を見ると、姉はハンカチで目頭《めがしら》を押《お》さえて、

「なこちゃん、そんなに一気に食べて……食べ物足りないの？」

と、涙声《なみだごえ》できいた。

「そうじゃないけど、お姉ちゃんの顔見たら、あんこ玉食べたくなっちゃった……」

わたしはほんとうはもう二、三個、あんこ玉が食べたかったが、姉の心配そうな顔を見ると、

言えなかった。

姉は帰り際《ぎわ》にバス停でバスを待つ間、父と母の消息を教えてくれた。

「お父さんはわたしの職場《しょくば》に電話をしてくるときは、決まってお金を貸《か》してくれって」

わたしは、夕焼けで臙脂色《えんじいろ》に染《そ》まった空と海を見た。

「お母さんはぜん息を治したいって言って、お灸《きゅう》に通ってるわ。わたしの部屋にいるけど、なこちゃんが東京旅行で二週間くらい帰ってくるでしょ。今、アパートを探《さが》してるの。お正月をお母さんとなこちゃんとわたしの三人で過ごせるように」

「ほんと!? ほんとに？」

わたしは姉を見た。

「うん。だから、お姉ちゃん、昼は劇場《げきじょう》で切符《きっぷ》売りをして、夜は喫茶店《きっさてん》で働いてるのよ」

上総湊《かずさみなと》行きのバスが、朝とは反対方向から走ってきた。

「なこちゃん、お父さんが寮費《りょうひ》を送ってないって、さっき山下《やました》先生からきいたの。お姉ちゃんがなんとかするから気にしないのよ」

バスのステップに足をかけながら、姉がわたしの手を握《にぎ》った。

「うん」

「それから、行李《こうり》のこと、ごめんね」

姉はそう言うと、くるっと背中《せなか》を向けて、車両の前のほうに歩いていった。

その後から、面会に来て帰りが遅《おそ》くなったお父さんやお母さんがバスに乗りこんだ。

煙《けむり》を立てたバスが見えなくなるまで、わたしはバス停に立ちつくしていた。

なんで面会日などあるのだろうと、わたしは思った。

その夜、布団《ふとん》の中で『故郷の空』を耳にしたとき、涙がこぼれた。

あんなに東京に帰ることをがまんして、がまんして、やっと『故郷の空』をきいても平気になったのに……。

姉に会ったとたん、わたしの心の針《はり》はすっかり十月の入園日に戻ってしまった。

夜中、良子《りょうこ》先生の声で目が覚めた。

「友子《ともこ》ちゃん、友子ちゃん、大丈夫？」

でも、泣き疲れていたわたしは、すぐに眠《ねむ》り始めた。

朝起きると、良子先生が、

「夜中、友子ちゃんが吐《は》いてね、昨日、叔母《おば》さんが会いに来たんだけど、お母さんの具合が悪いってきかされて、心配だったのね」

と、わたしたち女の子に教えてくれた。

「じゃ、静養室ですか、友子ちゃん」

女の子の一人がきいた。

「うん」

良子先生はうなずくと、掃除《そうじ》のしたくを始めた。

「かわいそうだね、友子ちゃん」

女の子たちがヒソヒソとしゃべっていた。

静養室は学園の建物のいちばん端《はし》にあって、わたしたちの教室の奥《おく》になっていた。

夜遅くなると、ガラス戸一枚《まい》の向こうに広がる園庭から変な物音がすると、上級生たちが言っていた。

「ヒタ、ヒタッて足音みたいなんだけど、静養室の前で音が消えちゃうんだ」

そんな話をきかされていたから、みんな静養室に行かされるのをいやがった。

（友子ちゃん、叔母さんが来たんだ。あんなにお母さんに会いたがっていたのに……）

わたしは、友子ちゃんがかわいそうだと思った。

昼食の時間、パンのお代わりをしようとしてハッと姉の言葉を思いだした。

お父さん、寮費を払《はら》ってない——わたしは立ち上がりかけたのをやめて、イスに座り直した。

夕食のご飯のお代わりもやめた。

寮費を払っていないのに、お代わりなんてできない。

『ヤン坊《ぼう》マー坊《ぼう》天《てん》気《き》予《よ》報《ほう》』

頭上から毎日観《み》ている天気予報の番組が流れていたけれど、わたしはうつむいてお茶を飲んだ。

次の日の朝、わたしは山下先生に呼《よ》ばれて園庭に出た。

学園を取り囲む山々の木々の葉はすっかり枯《か》れて、園庭にもその落ち葉が風に乗って飛んできていた。

山下先生は、園庭のベンチに、わたしを座らせた。

「早苗《さなえ》ちゃん、この間身長と体重のグラフを作ったら、いちばん身長が伸《の》びて体重が増《ふ》えたのが早苗ちゃんだった。いい子の証拠《しょうこ》だ」

山下先生のくっきりとした二重《ふたえ》まぶたの目が、じっとわたしを見た。

「でも、昨日も、ご飯やパンのお代わりをしないね。そんなことだと、いい子になれないぞ」

わたしは、「お父さんが」と言いたかったが、言えば涙になると思った。

「早苗ちゃんのお姉さんはいくつだい？」

山下先生が急に話題を変えた。

「十八歳《さい》です」

わたしが言うと、山下先生は、

「十八歳で、早苗ちゃんの保護者《ほごしゃ》をしてるのか、偉《えら》い人だなあ。早苗ちゃん、あのお姉さんを大事にするんだぞ」

と言って、わたしの頭を、ポンとたたいた。


夕方、図書室に行こうとするわたしに、玉子《たまこ》先生が、

「早苗ちゃん、お手伝いお願いできる？」

声をかけてくれた。

わたしは玉子先生が大好きだったから、「ハイ」と喜んで返事をした。

いつものように電話室で向かい合って、洗濯物《せんたくもの》をたたんでいると、玉子先生が小さな声でしゃべり始めた。

「わたしね、ここで寮母をして五年になるけど、子どもがどんなに親を愛しているか教わったわ。面会日の夜、うちのまつ寮でも布団の中から泣き声がしてね、わたしまでつらくなったな。ゆり寮の六年生の上野《うえの》君と五年生の浜本《はまもと》君は、三年生のときからここに来ていて、上野君は何度も脱走《だっそう》しては連れ戻されたっけ。浜本君はそんなことしないのだけど、がまんしてるってわかるから、よけいかわいそうでね」

わたしは、上野君が脱走についてくわしいのは、自分も経験《けいけん》したからなんだと知った。

「もうすぐ東京旅行だけど、早苗ちゃん、また帰ってくるわよね？」

と、玉子先生がきいた。

帰省と言わず、東京旅行と呼んでいるのは、学園に帰ることが前提《ぜんてい》だからだときいていた。だから、わたしは逆《ぎゃく》に、

「わたしたち、来年の三月の退園《たいえん》までいる約束だし……」

と言った。

「書類上はね。でも、寂《さび》しかったり、いじめられたりして、東京旅行に行ったまま、東京の小学

校に転入しちゃう子も多いの」

玉子先生はそう言うと、両手でシーツを広げてしわを伸ばした。

わたしも帰れるものなら帰りたかった。

でも、姉のあの疲れた顔にそんなわがままは言えないと思った。

「ここに帰ってきます」

わたしが顔を上げて言うと、

「約束ね、一月に部屋替《が》えがあるから、わたしのいるまつ寮に入ってね」

玉子先生が笑った。

「ハイ、ごほうび」

玉子先生はエプロンのポケットから、板チョコを出すと半分に割《わ》って片方《かたほう》をくれた。

「みんなにわからないようにね」

玉子先生がメガネの奥の目を、ウィンクしてみせた。

夜、わたしは部屋をそっと抜《ぬ》け出て、だれもついてきてないのを確認《かくにん》してから、お便所に入り、戸に鍵《かぎ》をかけた。

そうして、玉子先生からもらったチョコレートを口に入れた。

部屋に戻ると森《もり》君が、

「あの三人がまた脱走したって」

と、教えてくれた。

第十一章　映画会《えいがかい》

夕方から夜にかけて脱走《だっそう》したのは、まえと同じ甲斐《かい》君、北島《きたじま》君、渡辺《わたなべ》君の三人だった。

夜の九時過《す》ぎに、三人は学園に戻《もど》ってきたと、寮《りょう》の数人が話していた。

「北島君のお父さんが千葉《ちば》駅まで来て、北島君たちを連れて上総湊《かずさみなと》まで来たんだって」

「甲斐君も渡辺君も、お父さんがいないから、北島君のお父さんに電話で頼《たの》んだんだって」

どこの寮でも、三人の話で持ちきりだった。

学園に戻ってきた三人から、ときおり見せる笑顔《えがお》がなくなった。

三人は、いらいらしたように教室の机《つくえ》をけとばしたり、寮で下級生を殴《なぐ》ったり、だんだん乱暴《らんぼう》なことをするようになっていった。

五年生の教室では、おとなしい山岡《やまおか》君のイスに画びょうをしかけて、山岡君が痛《いた》そうな顔をすると手をたたいて喜んだ。

松井《まつい》さんや守田《もりた》さんは、三人に近づかないようにしていた。

わたしは無視《むし》していたが、いたずらがひどいときは、「やめなさいよ」と注意したから、彼《かれ》らのどうにもならないいらだちは、すぐにわたしにも向かってきた。

ある夜、三人が突然《とつぜん》部屋に入ってきて、「生意気なんだよ！」とさけぶと、わたしの髪《かみ》をつかんで畳《たたみ》の上に引《ひ》き倒《たお》した。

わたしはとてもびっくりして、こわくて何もできなかった。

それからも、同じようなことが何回もあったけれど、仕返しがこわくて、わたしも寮のみんなも先生には言えずにいた。

ある日、友子《ともこ》ちゃんが、お風呂《ふろ》の脱衣所《だついじょ》でわたしに耳打ちした。

「北島君たちがね、中村《なかむら》さんのおっぱいの大きさや、毛の生え具合を教えろって言ったけど、わたし、もうそんなことといやだから言わないね。お兄ちゃんも、いじめられても大丈夫《だいじょうぶ》だからって」

わたしは、友子ちゃんが山岡君を守りたくて、北島君たちの言うことをきいていたのだとわかった。

わたしは、浴室のところどころさびついた鏡で自分の体を見た。

十一歳《さい》のわたしの体を、わたしは懐《なつ》かしい写真を見るような気持ちで見た。

いつの間にか、わたしの胸《むね》には、わずかだけれどレモンを半分に切って置いたような盛《も》り上《あ》がりがあった。

わたしは、がっかりした。

心のどこかに、いつまでも子どもでいたいという願いがあった。

わたしは恐《おそ》る恐《おそ》る自分の足と足の間に目をやった。

浴室の湯気の中で、わたしは自分のそこがまだ滑《なめ》らかなままであることを確認《かくにん》して、ホッとした。

わたしはさりげなく、松井さんと守田さんの胸を見た。

松井さんも、守田さんも、それぞれに胸が膨《ふく》らみ始めていた。そして、意外だったのは、やせている守田さんの胸が三人の中でいちばん膨らみが大きかったことだった。

わたしは友子ちゃんに話をきいて以後、お風呂に入るときは必ず手ぬぐいで胸を隠《かく》した。

(だれかがわたしの情報《じょうほう》をもらすかもしれない)

わたしは、だれを信じていいのか、わからなくなっていた。

十二月になると、海岸散歩では首をすくめるほど、風が冷たさを増《ま》した。

学園では月に一度、食堂で先生方がフィルムを映写《えいしゃ》する映画会があったが、十二月はそのまえに面会日について書いた作文を読む行事が加わった。

三年生から六年生まで、それぞれ一作品が選ばれることになった。

わたしは、作文を書くのがいやだった。

面会日のどのことを書いても、姉を思いだし、涙《なみだ》がこぼれそうだったからだ。

三人組に、涙は見られたくなかった。

涙を見せれば、もっと弱みにつけこまれて、何をされるかわからないと思った。

わたしは、石川啄木《いしかわたくぼく》のような短歌を作ってみようと思った。

啄木の歌はもう五十以上暗記していたから、わたしでもできそうな気がした。

わたしは面会日の姉を思いだし、言葉の数を指を折って数えた。

姉の顔　いく日ぶりに見たせいか
なぜかほぐれぬ
やつれ顔

ノートに短歌を書くと、内山《うちやま》先生に見せに行った。

内山先生は、

「ああ、短歌にしたのね、それでもいいわ」

と言って、わたしのノートを見た。

「これ、早苗《さなえ》ちゃんが作ったの？」

わたしは「ハイ」とうなずいた。

「ちょっと待っててね」

内山先生はそう言うと、わたしのノートを持って教室を出ていった。

すぐに山下《やました》先生が内山先生と入ってきて、

「早苗ちゃん、上手だ。うん、これを発表しなさい」

と声をかけてくれた。


作文発表会に選ばれたのは、三年生が友子ちゃん、四年生が竹中《たけなか》さん、五年生がわたしで、六年生は塚本《つかもと》君だった。

友子ちゃんはハキハキと、入院中のお母さんに代わって、お母さんの妹の叔母《おば》さんが来てくれたという作文を読み、それでも早くお母さんが退院《たいいん》するといいなというところで声を詰《つ》まらせた。

わたしは、そっと山岡君を見た。

山岡君は色白の顔を紅潮《こうちょう》させて、妹を見ていた。

竹中さんが作文を読み始めると、きいているみんなから「いいなー」というつぶやくような声が上がった。

うちのお父さんとお母さんは、学園に自動車で来ました。

合唱が終わってから自動車で保田《ほた》のホテルへ行きました。お風呂に入ってほこりを落とし、湯上がりの牛乳《ぎゅうにゅう》を飲みました。

お父さんはおみやげに魚を買い、お母さんはわたしにうわばきを買ってくださいました。

ほんとうに楽しい一日でした。

わたしは口を開けたまま、竹中さんの作文をきいていた。まるで王女さまのようだと思った。

そして、竹中さんの家はお金持ちなのだとつくづく思い知らされた。

母と姉とわたしの三人で住む部屋さえもないというのに、片方《かたほう》ではこんなお金持ちもいるのだという発見だった。

わたしは、自分の短歌を読む気がしなくなった。

苦労している姉をみんなにさらすように思えた。

面会日、仕事に疲《つか》れて寝坊《ねぼう》して、お昼過《す》ぎに学園にたどり着いた十八歳の姉。

わたしは、そそくさと歌を読んで、席に戻った。塚本君が、面会日に親と釣《つ》りをした作文もすぐに発表が終わった。

その後に映画会が始まって、『かぐや姫《ひめ》』が食堂の特製《とくせい》スクリーンに映《うつ》しだされたけれど、わたしは竹中さんの作文のショックから立ち直っていなかった。

早く大きくなって働きたいと思った。

池袋《いけぶくろ》にいたころ、わたしはよくパチンコをした。

パチンコの玉をお金に換《か》えてくれたのは、ヤクザの正塚《まさづか》さんだった。

「こんなことしてたら、おれたちみたいになっちゃうぞ。おれは戦争で親父《おやじ》が死んで、こんな暮《く》らしに飛びこんだけど、早苗ちゃんだけはまっとうな生き方をしなくちゃ」

正塚さんは、今ごろ、どうしているだろうと思った。

でも、もう父と二人でホームレスのような生活をするのはいやだとも思った。

竹田学園《たけだ》に来て、わたしは勉強することの楽しさを知った。

石川啄木の歌と出合えて、暗記する喜びも知った。それはわたしの空っぽだった頭の中に、啄木の歌の文字がぎゅうぎゅうと詰まっていく喜びだった。

池袋の生活の中で学校に行けないわたしは、一日中映画を観《み》て過ごした。

わたしの目を通して、たくさんの映像《えいぞう》は入ってきたけれど、文字までは入ってこなかった。

映像の中で主人公が語る言葉も、字幕《じまく》も、すぐに消えていって、頭にとどまることはなかった。

本は文字を教えてくれた。

わたしは働きたいけれど、働いて姉を助けたいけれど、文字がぎゅうぎゅうと詰まるうちは勉強しなくちゃいけないのだと思った。

いつか、と思った。

いつか、働いて竹中さんのようなお金持ちになりたい。

わたしの自動車に父と母と姉を乗せて、保田のホテルに行きたいと思った。

映画会が終わって、それぞれの部屋へ戻る途中《とちゅう》、

「おれ、映画よりテレビのほうが楽しいな。毎週三十分ずつ二回だけど、テレビのほうがおもしろいよ」

という声がきこえた。すると、

「おれも。おれもテレビのほうがいいな」

あいづちを打つ声が続いた。

わたしがお便所に入ろうとしたとき、

「中村さん」

という声が後ろでした。

わたしがふり返ると、森《もり》君が立っていた。

「ぼく、中村さんの短歌、すごいって思った」

ひとことそう言うと、お便所の斜《なな》め前にあるゆり寮に入っていった。

わたしは森君の後《うし》ろ姿《すがた》を、お便所に入るのも忘《わす》れて見ていた。

面会日に昼食を食べながら、ポロッと涙をご飯茶碗《ぢゃわん》にこぼした森君のことを、わたしは一生忘れられないと思った。

第十二章　ホットケーキ病

面会日の後から、わたしは決まって同じ夢《ゆめ》を見るようになった。

わたしと姉と母がいて、ホットケーキを食べる夢だった。

月曜日の朝になると、わたしは部屋の壁《かべ》にはってある、その週の献立表《こんだてひょう》のおやつのところを見た。

りんご、さつまいも、みかん、あんパン、一週間を通して、ホットケーキの文字など、どこにもなかった。

それでも、毎晩《まいばん》、夢にホットケーキが出てきた。

昔、姉がフライパンで焼いてくれたホットケーキが恋《こい》しくてならなかった。

わたしは自分で、「ホットケーキ病」と自分の夢に名前をつけた。

朝食も昼食も夕食も食べているのに、お腹《なか》がすいた。

山下《やました》先生は食事のたびに、お代わりを控《ひか》えようとするわたしに、

「早苗《さなえ》ちゃん、ぼくは年でね、そうは食べられないんだ。助けてくれるかい？」

と言って、パンやおかずを分けてくれた。

一度玉子《たまこ》先生に山下先生の年をたずねると、四十代の前半だと教えてくれた。

まだわたしより小さな男の子と女の子がいて、日曜日に奥《おく》さんと子どもたちで園に遊びに来ることもあった。


ある日、森《もり》君が耳の治療《ちりょう》で木更津《きさらづ》へ連れていかれた。

上総湊《かずさみなと》には耳鼻咽喉科《じびいんこうか》がないので、木更津まで行くのだということは知っていた。

「耳、どうした？　治った？」

ときくわたしに、森君は辺りをキョロキョロと見回してから、だれもいないのを確《たし》かめると、

「外耳炎《がいじえん》だったんだけど、内山《うちやま》先生は鼻が悪いみたいでいっしょに先生に診《み》てもらったんだ。で、ほかに三人いたんだけど、木更津で電車の時間を待つ間に、内山先生が食堂で、ラーメンか太鼓《たいこ》焼きのどっちかを選んで食べなさいって言ったんだ」

「うそ⁉」

それはいつもお腹をすかせているわたしには、大ニュースだった。

わたしは部屋に入ると自分の行李《こうり》の中から耳かきを取りだした。入園したときにスカスカだった行李は、姉が面会日に持ってきてくれたセーターやズボンが入って、人に見られても少しはましになっていた。

わたしは耳かきをズボンのポケットに入れて、園庭に出た。ベンチに座《すわ》って正面に見える市兵衛山《いちべえやま》を見ながら耳かきを耳に入れた。

耳から血が出ればいいのだと、耳かきを耳の中でかき回した。

（痛《いた》っ）と思ったとき、耳かきに血がついていた。

わたしは教室にいる内山先生のところに走っていった。

「耳から血が出ました」

わたしが言うと内山先生は、赤ペンで字を入れていたノートから顔を上げて、

「木更津のお医者さんに行くのは、来週の火曜日の午後だから、治っていなかったらいっしょに行きましょうね」

と言った。

わたしは内心（ヤッタ！）と思った。

だから、月曜日になったら耳かきでまた耳をかき回そうと計画した。

どれほど火曜日が待ちどおしかっただろう。

わたしは夜寝《ね》るまえに、

「今夜からは、太鼓焼きを食べる夢になりますように」

と、祈《いの》ったが、あいかわらず夢に出てくるのはホットケーキだった。

火曜の朝、良子《りょうこ》先生がわたしの耳を見て、

「やっぱり、診てもらったほうがいいわね」

と言ったとき、わたしは万歳《ばんざい》をしたい気分だった。

午後、森君も含《ふく》めて子ども四人と、内山先生の五人で、上総湊へ行くバスに乗った。

バスの窓《まど》の左手に、竹田《たけだ》の海が広がっていた。

わたしは遠足に行くようなワクワクした気分だった。

森君はわたしを見ても何も言わず、だれにもわからないように鼻の上にしわを寄《よ》せて笑った。

上総湊から千葉《ちば》行きの電車に乗った。入園した日、わたしの周りにはだれも座らなかったが、今は四人で座っていた。

そして、四人で両手を出して「おせんべ焼けたかな」をして遊んだ。

内山先生は隣《となり》の四人がけの座席《ざせき》に一人で座って、文庫本を読んでいた。

わたしはそんな先生を見て、

みぞれ降《ふ》る
石狩《いしかり》の野の汽車に読みし
ツルゲエネフの物語かな

という啄木《たくぼく》の歌が、頭に浮《う》かんだ。


「あーっ、これは外耳炎だが、まっ、薬を塗《ぬ》ればよし。たいしたことはない」

白髪《しらが》の先生が、冷たい液《えき》をわたしの耳の中に塗った。

内山先生は、鼻から長い管を入れられて、痛そうに顔をしかめていた。

治療が終わって外に出ると、内山先生が、

「次の電車まで、一時間あるから、おやつを食べて、木更津の街をブラブラしましょ」

と言ったとき、わたしは森君に「ありがとう」と頭を下げたい気持ちになった。

内山先生は「伊勢屋《いせや》」と書かれたのれんをくぐって、店の引き戸を開けた。

四人がけのテーブルに一つイスを足してから、

「ラーメンか太鼓焼きのどちらかを選びなさい」

と、内山先生が言った。

森君ともう一人の男の子がラーメンを選び、わたしと女の子、内山先生は、太鼓焼きを選んだ。

小ぶりのお皿に太鼓焼きが三個のって運ばれてきたとき、わたしはうれしさで声を上げそうになった。

わたしは、ゆっくりと太鼓焼きを口に入れた。パリッとした皮と小豆《あずき》の甘《あま》いつぶあんの味が、口の中に広がった。

「やーだ。なこちゃんは、つぶあんが好きなんですって。お母さんとお姉ちゃんは、ぜったい、こしあんが好き」

姉の言葉が、耳元できこえたような気がした。

こんなにおいしい太鼓焼きを、姉は食べているだろうか。

つぶあんだけど、これを食べたら姉もおいしいと言うだろうと思った。

太鼓焼きのゲップが出そうなのを、お茶を飲んで抑《おさ》えた。

伊勢屋を出ると、内山先生といっしょに木更津の街を歩いた。

途中《とちゅう》にあったお寺の前で内山先生は足を止めると、

「ここが中山晋平《なかやましんぺい》が作った『証誠寺《しょうじょうじ》の狸《たぬき》ばやし』で有名なお寺よ」

と教えてくれた。

「しょう、しょう、しょうじょうじ、しょうじょうじのにわは」

森君が歌った。

「今もね、狸が飼《か》われているんですって」

内山先生が、中をのぞくふりをした。

電車に乗ってからも、わたしは学園に入ってからこんなに楽しい日はなかったと思った。

「いいこと、今日のことは日記に書いてはダメよ。お友だちにしゃべってもダメ」

内山先生と指切りをしたから、日記には書けないけれど、大人になっても忘《わす》れないと心に誓《ちか》った。

学園に戻《もど》ると、良子先生が、

「今日のおやつはね、なんと、お汁粉《しるこ》よ。食堂にあるから食べてらっしゃい」

と、わたしに言ったけれど、さすがにもうあんこは食べられなかった。

夜、布団《ふとん》に入ると、一枚《まい》の写真を思いだした。

四年生のお正月に晴れ着を着て、写真館で姉と二人で写した写真だ。

わたしも姉も、美容院《びよういん》で髪《かみ》をセットしてもらって写真館に行ったのだけれど、パーマをかけたわたしはどう見ても子狸だと思った。

わたしは美容院で、たくさんの雑誌《ざっし》を見せられ、そのころの少女モデル、松島《まつしま》トモ子や近藤圭《こんどうけい》子《こ》のようになると信じていたから、鏡の中の自分にがっかりした、
おまけに、姉一人で写した写真が、写真館のドアの正面に飾《かざ》られたのを、学校帰りに見つけたときのショックは、口では言い表せないほどだった。

「なんで、お姉ちゃんばっかり」

わたしは姉に泣きついた。

「変ねぇ、二人で写したのに。あっ、残ってなかったのよ。写真館に、二人で写した写真が。それでお姉ちゃんのを飾ったのよ」

姉は笑いをこらえながら、わたしをなだめた。

「これじゃ、子狸だぁ」

わたしはそう言いながら、写真を見て笑った。

あのとき、わたしは、自分が非嫡出子《ひちゃくしゅつし》であることも、姉とは父違《ちが》いであることも、姉の上にもう一人父違いの兄がいることも知らなかった。

わたしの幸せは、あのときまでだった。

姉の写真は評判《ひょうばん》を呼《よ》び、十六歳《さい》の姉を嫁《よめ》にもらいたいという申し出が何件《なんけん》もあったと、母からきいたことがあった。

姉も幸せではなかったけれど、それでもあのお正月の写真に写った一瞬《いっしゅん》は幸せだったと思いたかった。

東京《とうきょう》に帰ったら、あの写真を探《さが》そう。

まだかなしみを知らないわたしが写った、あの写真を。

かなしみといはばいふべき
物の味
我の嘗めしはあまりに早けり

第十三章　かなしみの味

東京《とうきょう》旅行まであと一週間となった日、兄の住所が書かれた手紙が届《とど》いた。


なこちゃん、お元気ですか。

やっと、東京の大塚《おおつか》に四畳《じょう》半一間（お便所もお風呂《ふろ》もないけれど）の部屋を借りることができました。

お母さんのぜん息もよくなりつつあります。

東京旅行でなこちゃんが帰ってくるのを待ってます。

体に気をつけてね。

亜矢子《あやこ》より

わたしは夢《ゆめ》を見ているようだった。

だからすぐには信じられなくて、何度も何度も読み返した。

わたしに帰る家ができた！


その日、いつものように玉子《たまこ》先生が洗濯物《せんたくもの》をたたむのを手伝っていると、先生が言った。

「早苗《さなえ》ちゃん、先生ね、早苗ちゃんがいじめられてるの知ってたの。まぁ、ここではよくあることだけどね。早苗ちゃん、耐《た》えてばかりだとつらいでしょ。先生に言ってくれていいのよ」

わたしは驚《おどろ》いて顔を上げた。

「だれにも、いじめる権利《けんり》も、いじめられる義務《ぎむ》も、ないんだから……」

わたしは何も言えなかった。

玉子先生が知っていてくれるなら、それでいいと思ったし、わたしは耐えてるのではないと言いたかった。むしろ、

「闘《たたか》ってるんです」

と言いたかったが、生意気そうにきこえると思い、黙《だま》っていた。

ラジオから『川《かわ》は流《なが》れる』という仲宗根美樹《なかそねみき》の歌が流れていた。

「帰っておいでね、東京から」

玉子先生はいつものように、エプロンのポケットからチョコレートを出すと、割《わ》らずに一枚《まい》くれた。

わたしはズボンのポケットにしまった。


自習時間になるのを待って、お便所に入った。その瞬間《しゅんかん》、わたしは、同じ寮《りょう》にいる友子《ともこ》ちゃんと森《もり》君に、このチョコレートを分けてあげようかと思った。

でも、あげたところで二人はチョコレートを食べる場所を探《さが》して困《こま》るのではないか。

わたしが「お便所で食べるのよ」と教えたら、二人はどんな顔をするだろう。

そんなところで食べるならいらないと言われたら、どうしよう。

わたしはお便所の戸に背中《せなか》をつけて、チョコレートを音をたてないようにして、少しずつ飲みこんだ。

途中《とちゅう》で、ゲタの音がした。

わたしはじっと、耳をすませた。

ゲタの音は、わたしの真向かいのお便所のところで止まり「パタン」と戸を閉《し》める音に変わった。

「ボタン」という、大便が糞壺《くそつぼ》に落ちていく音をききながら、わたしは残りのチョコレートを食べた。


次の日、朝の検温《けんおん》で、三十八度の熱があった。

「もう東京旅行が近いから、早くに治さなくては」

良子《りょうこ》先生はわたしのおでこに手を当ててから、保健《ほけん》の鈴木栄子《すずきえいこ》先生を呼《よ》びに行った。

栄子先生の顔は知っていたが、病気にならない限《かぎ》りしゃべることはないので、わたしは心細い思いで寝《ね》ていた。

「あっ、喉《のど》が赤くなって腫《は》れてる。風邪《かぜ》だね、これは」

顔じゅうにそばかすのある栄子先生を、わたしは初めて間近で見た。

「静養室へ移動《いどう》」

栄子先生は、テキパキと指示《しじ》した。

わたしは、(ああ、ついに静養室か)と、がっかりした。

パジャマの上に綿《わた》入り半てんをはおった姿《すがた》のまま、わたしは教室の横の廊下《ろうか》を通り、行き止まりにある静養室に入った。

十畳の畳敷《たたみじ》きの部屋の隅《すみ》に、わたしの布団《ふとん》が用意されていた。

わたしは布団にもぐりこんだ。

眠《ねむ》ろうとすると、白衣に着替《きが》えた栄子先生が入ってきて、わたしの腕《うで》に注射《ちゅうしゃ》をした。

「これで汗《あせ》が出るから、がまんして布団をかぶっているのよ。汗が出ないと熱が下がらないから」

わたしは「ハイ」と返事をした。

このまま熱が下がらなければ、東京へ行けないと思うと、どんなことにも耐えようと決めた。

ときどき目が覚めるのは、喉の渇《かわ》きを覚えるときと、栄子先生が汗の出具合を見に来て、わたしのおでこや首筋《くびすじ》に手を当てるときだった。

かなしきは
喉のかわきをこらへつつ
夜寒《よざむ》の夜具にちぢこまる時

啄木《たくぼく》の歌のとおりのわたしだった。

「おかしいね、汗をかいたのに、熱が下がらない」

栄子先生がつぶやいた。

わたしは、夜まで静養室にいたくなかった。

夕方、栄子先生が、

「中村《なかむら》さん、もう一人お仲間ですよ」

と言って、同じ五年生で同じ寮の築地《つきじ》君を連れてきた。

「熱もあるし、ぜん息が出てきたんだよね。ゆり寮は風邪が流行《はや》ってるのかな」

栄子先生は、布団を敷くと築地君を寝かせた。

わたしは、だれかが静養室に来てくれたことがうれしかった。たった一人で、伝説の静養室に寝るのはこわかった。

次に目を覚ますと静養室のたった一つの電灯が点《とも》されていた。

ときおり「ゼェ、ゼェ」という築地君の苦しそうな息づかいがきこえてくる以外、静まり返っていた。

わたしは母を思いだした。母も発作《ほっさ》が起きると、同じ息づかいをしていた。

もう一度目が覚めたとき、静養室の壁《かべ》にかかっている時計が「ボン、ボン」と、二時を知らせた。

風が出てきたのか、静養室の窓《まど》ガラスが揺《ゆ》れて「カタカタ」と、小さな音をたてた。

あいかわらず、築地君は「ゼェ、ゼェ」という息づかいの音をたてていた。

わたしは布団にもぐりこみながら、ふだんは自分がとても健康なことを思った。

生まれてから十一歳《さい》の今日まで大きな病気をしたこともないし、十歳のホームレスだった日々も風邪一つひかなかった。

そして、学園でもいちばんの勢《いきお》いで身長が伸《の》び体重が増《ふ》えていた。

健康な体に生んでくれた父と母に、わたしは生まれて初めて感謝《かんしゃ》する気持ちになれた。

翌朝《よくあさ》、わたしは栄子先生が運んできてくれたおかゆをペロリと食べきったが、築地君は半分以上残していた。

「食べないと元気にならないよ」

わたしは初めて築地君に声をかけた。

築地君はまだ少し赤い顔をわたしのほうに向けて、

「中村さんがうらやましいよ」

と言った。

その日の夕方、わたしは静養室を出て寮に戻《もど》った。


それから二日後、職員室《しょくいんしつ》で山下《やました》先生の面接《めんせつ》が行われた。

二学期の成績《せいせき》の説明が主なことだった。

わたしは一年以上遠ざかっていた成績という言葉に緊張《きんちょう》していた。

五年生のいちばん終わりに、わたしの名前が呼ばれた。

「早苗ちゃん、よく勉強したね」

山下先生はわたしの顔を見ると、そう言って国語から始まる成績の一覧表《いちらんひょう》を見せてくれた。

「この学園のシステムでは、五段階《だんかい》の五はつけられないんだよ。いつか東京の学校に編入《へんにゅう》したとき、頑張《がんば》りなさい」

わたしは、体育と音楽を除《のぞ》いたほとんどの教科に、四がついていることに驚《おどろ》いた。

「早苗ちゃん、啄木の歌をいくつ覚えた?」

山下先生にきかれて、わたしは首をかしげた。

「うーん、八十ぐらい……かな」

「いちばん好きな歌は、どんなの？」

「みんな好きですけど……」

わたしは、ちょっと考えてから言った。

かなしみといはばいふべき
物の味
我《われ》の嘗《な》めしはあまりに早かり

山下先生は、黙ってきいていた。そして、

「早苗ちゃん、早苗ちゃんは食べることが大好きだね。食べ物にはね、うま味、塩味、甘味《あまみ》、から味、酸味《さんみ》があるって言われてるけど、ぼくはもう一つあると思ってるんだ」

わたしは山下先生を見た。

「かなし味《み》。かなしみという味を知る人は啄木もそうだけど、人にやさしくなれるんだ。とっても大切な味なんだよ。早苗ちゃんは、かなしみの味を知ってるから、いい子なんだね」

わたしはうつむいたまま涙《なみだ》をこぼした。

やっぱりわたしは、山下先生のような先生になりたいと思った。


夕方、玉子先生がお風呂場《ふろば》の掃除《そうじ》をしているのを見つけて入っていった。

玉子先生は『川は流れる』という歌を小さく口ずさんでいた。

わたしが山下先生の面接を終えたことを言うと、

「いい先生でしょ。いろいろ苦労もしてるのに、ほんとうに生徒思いで……。早苗ちゃん、山下先生が副園長でよかったね」

玉子先生が言った。

わたしは大きくうなずいた。

第十四章　東京《とうきょう》へ

「いよいよ、明日から東京旅行ね」

朝、良子《りょうこ》先生がみんなに声をかけた。

「忘《わす》れ物《もの》がないか、リュックサックの中身を調べなさい。先生もゆうべ確認《かくにん》したけど」

わたしは自分の行李《こうり》の上のリュックサックを、ふり返って見た。

「給食係、早く食堂へ来なさいって」

先に食堂に行っていたらしい友子《ともこ》ちゃんが、おたまを持ったまま寮《りょう》に走りこんできた。

「あっ、わたしだ」

わたしは、あわてて食堂に走っていった。

今日の給食係は四人で、六年生の塚本《つかもと》君と五年生のわたし、三年生の友子《ともこ》ちゃんと森《もり》君のメンバーだった。

「ごめんなさい」

わたしは急いで給食着をつけた。

「えっと、これ、ゆり寮の竹中《たけなか》さんの目玉焼き、先に置いておいて」

調理室の中から、おばさんが目玉焼きののったお皿をカウンターに置いた。

「まったくさぁ、生卵《なまたまご》がダメで、何がダメでって、ほんとにあの子には手がかかるわね」

おばさんは肩《かた》をすくめた。

わたしは竹中さんの席に、目玉焼きののったお皿を置いた。

今朝の献立《こんだて》は、ご飯に味噌汁《みそしる》、生卵におつけものだった。

味噌汁の入った食缶《しょくかん》を、森君が一人で持った。

「大丈夫《だいじょうぶ》? 手伝おうか?」

と言うわたしに、森君は「ううん」と首をふった。

人を寄《よ》せつけないような表情《ひょうじょう》をしていたので、わたしは森君は何を怒《おこ》っているのだろうと思った。

わたしはかごに入った生卵をテーブルのそれぞれの器に一個一個《こ》、入れて歩いていた。

そのとき、わたしの隣《となり》にいた森君が、突然《とつぜん》味噌汁の入った食缶を、竹中さんのふりかけの入れ物にぶつけた。

ガシャーンと、入れ物が床《ゆか》に落ちて壊《こわ》れる音が食堂中に響《ひび》いた。

わたしは心臓《しんぞう》が止まるかと思うほど驚《おどろ》いて、森君を見た。それから、とっさに、

「お、おばさーん。森君が食缶を落としそうになって、食器を割っちゃった――」

と、調理室のおばさんを呼《よ》びに行った。


「わたしが手伝えばよかったんです」

山下《やました》先生に、わたしが言った。

「そうだね、でも、森君も一人でできると思ったんだろ」

「うん」

森君がうなずいた。

「手が滑《すべ》ったんだったら、しかたがないさ。竹中さんに謝《あやま》っておきなさい」

山下先生はそれだけ言うと、また職員室《しょくいんしつ》に戻《もど》っていった。

わたしたちは朝食のしたくを続けた。

森君は黙々《もくもく》と、みんなのお碗《わん》に味噌汁をよそっていた。

よそい終わって給食着を脱《ぬ》ぐとき、森君は
「ぼく、わざとやったから、怒られてもよかったんだ」

と、小さい声でわたしに言った。

わたしは、森君の勇気ある行動に驚いた。

そして、森君が食缶をぶつけたとき、わたしも気持ちがスッとしたことを言いたかったけれど、子どもたちが続々と食堂に入ってきたので、そのまま席に戻った。

朝食の時間、竹中さんはムッとした顔で森君を見ていた。


午後、わたしがリュックサックの中に入れ忘れたソックスを入れようとしていると、友子ちゃんが傍《かたわ》らに来て、

「園庭でトミーにお別れしませんか?」

と声をかけてきた。

トミーというのは、山羊《やぎ》につけられた名前だった。

「森君が、わざと食缶を竹中さんのふりかけの入れ物に当てるとこ、見ちゃったの」

友子ちゃんはトミーの頭をなでながら、小さな声で言った。

「わたしも」と言おうとすると、友子ちゃんは続けて、

「でも、いい気味だと思った。竹中さんのこと、友子もきらいだから。だってね、竹中さん、ふりかけが欲《ほ》しかったら中村《なかむら》さんをいじめてよって言ったの。だから……」

竹中さんがわたしをきらいだということには、気がついていたが、その理由がわからなかった。

「なんでだろうね」

わたしがきくと、友子ちゃんは、

「貧乏《びんぼう》なのに、先生にひいきされてるからだって」

と思わず言って、しまったというように下を向いた。

わたしは、

「貧乏はほんとうだけど……」

それしか言葉が出てこなかった。

夕方、図書室でノートに啄木《たくぼく》の歌を書き写していると、浜本《はまもと》君が入ってきた。

浜本君が、

「中村さん」

と、初めて声をかけてきた。

「中村さんて、お父さんもお母さんもいないの？　面会に来たのお姉さんだったたって、みんなが言ってたけど」

わたしはエンピツを持ったまま、

「いないわけではないけど、いないのと同じかな」

自分でもよくわからない変な言い方をした。

「ぼく、お母さんだけなんだ。三年生のときからここにいるけど、いつも面会に来るって言っては、来ないいんだ。だから、慣《な》れちゃった」

「そう」

わたしには、慣れるときなど来ないだろうと思った。

「ぼく、自分ばっかりがかわいそうだって思ってたけど、中村さんを見て、そうじゃないんだって思った。中村さんには悪いけど、そう思ったんだ」

浜本君はそれだけ言うと、図書室を出ていった。

わたしは、ノートに、浜本君に言いたかったことを書いた。

わたし、幸せだよ。
面会にお姉ちゃんしか来なくても、
あの三人にいじめられても。
だって、わたし、
帰る部屋ができたんだ！

東京旅行の朝、築地《つきじ》君はまた熱を出してわたしたちとはいっしょに帰れなくなった。
二、三日して熱が下がったら、家の人が迎《むか》えに来るのだと良子先生が言った。
わたしは、築地君の苦しそうな息づかいを思いだした。
もう一度、わたしはリュックサックの中に啄木の歌を写したノートが入っているか、確認した。
「みなさん、来年の一月十日には、またここで元気な顔を見せてください」

山下先生がわたしたち一人一人の顔を見て言った。
十夜寺《じゅうやじ》前でバスを待つ間、わたしは姉の手紙に書いてあった新しい住所を暗記した。
東京都文京区大塚《とうきょうとぶんきょうくおおつか》〇丁目〇〇番地
河野荘《かわのそう》一〇一号
「よし、完璧《かんぺき》」
わたしは目の前の海を見た。
その向こうに雪をかぶった富士山《ふじさん》が、くっきりと見えた。

第十五章　東京《とうきょう》旅行（Ⅰ）

山手線《やまのてせん》が池袋《いけぶくろ》駅に到着《とうちゃく》したとき、わたしの口から「ふぅ」という大きなため息が出た。

池袋の空も街もすべてが懐《なつ》かしかった。

（ここにはお父さんもお母さんも、そして、お姉ちゃんがいる）

そう思うだけで楽に息ができるような気がした。

わたしたちはホームに降《お》りると、そのままお迎《むか》え場所になっている丸物百貨店《まるぶつひゃっかてん》の地下の国鉄改札口に歩いていった。

「ドキドキするな」

「うち、だれが迎えに来てるんだろ」

そう言い合うみんなの声が、学園のときより明るくなっていた。

わたしの場合は、姉が仕事だし、母はぜん息で体調が優《すぐ》れず迎えに来られないので、山下《やました》先生が大塚《おおつか》のアパートまで送ってくれることになっていた。

「そろそろ、十二時三十分だ」

先頭の山下先生が腕時計《うでどけい》を見た。

「あっ、お母さんだ」

だれかの声で、わたしたちを待つ集団《しゅうだん》の人たちの姿《すがた》が目に入ってきた。

どこからか、にぎやかなジングルベルの曲が流れてきて、わたしは、

(あぁ、帰ってきた)と思った。

でも一年まえ、同じ場所で、黒の野球帽《やきゅうぼう》をかぶりヨレヨレのジャンパーに長靴《ながぐつ》という貧《まず》しい格好《かっこう》をした父と会ったとき、いっしょに歩くことが恥《は》ずかしくて早く別れたかったことを思いだして、胸《むね》が痛《いた》くなった。

父は今もあのままなのだろうか。

わたしは、迎えに来ている、みんなのお父さんとお母さんを見た。

あの日の父の姿ほど惨《みじ》めな格好をしている人は、だれもいなかった。

山岡《やまおか》君と友子《ともこ》ちゃんは、お母さんが来るのは無理なので叔母《おば》さんが代わりに来ると言っていた。

みんなが歓声《かんせい》を上げて、それぞれの家族のところに駆《か》け寄《よ》っていった。

その姿を見て、みんな東京に帰りたいのをがまんしていたのだと思った。

わたしは、自分だけが寂《さび》しくてつらいと思っていた。

「じゃあ、またここで、一月十日午前十時三十分集合です」

山下先生が、大きな声で言った。


「最近の早苗《さなえ》ちゃんの日記を読んで、つらいことをたくさんがまんしてるんだと知ってたよ」

山手線に乗りこんだとき、山下先生が窓《まど》の外を見ながら言った。

わたしは山下先生を見上げた。

「でもね、早苗ちゃん、これだけは忘《わす》れないでほしいんだ。学園に来てる子もね、みんなかわいそうな子なんだよ。体が弱かったり、家に事情《じじょう》があったりでね。早苗ちゃんはやさしいからわかってあげられると、先生は思ってたんだ」

わたしは、はっとした。わたしは、自分だけが「かわいそうな子」なのだと思っていた。

山下先生の言葉をきいて、わたしは思った。

(わたしだけじゃないんだ。わたしをいじめてる子たちも、きっとつらいんだ……)

山下先生は、わたしをじっと見て、

「でもね、早苗ちゃんのいじめに気がつかなかったのはぼくが悪い。教師《きょうし》として失格《しっかく》だ」

わたしは、さらに驚《おどろ》いて、山下先生を見た。

(先生が謝《あやま》ってる、こんな、子どものわたしに)

そのことの驚きだった。

わたしは首を左右にふった。

入園する日、電車の中で、わたしの菓子《かし》パンとお弁当《べんとう》を交換《こうかん》してくれた、その山下先生が謝っている。

わたしは山下先生になんと言えばいいのか、必死で言葉を探《さが》したが見つからなかった。

ただ一つ、思った。

(この先生がいる限《かぎ》り、どんないじめにも耐《た》えられるだろう、いや、耐えてみせる)


大塚駅のホームには、何度も降り立っていた。

父と母と姉と家族四人で暮《く》らしていたころ、酒癖《さけぐせ》の悪い父の暴力《ぼうりょく》から逃《に》げて、三人で泊《と》まりに来た旅館が大塚にあったのだ。

『千成最中《せんなりもなか》』という看板《かんばん》を目にするだけで、大塚駅だとわかった。

「千成最中か、うまいのかな？」

山下先生が看板を見上げながら改札口に続く階段《かいだん》を下りた。

「えーと、南口に出て、都電《とでん》の通りを護国寺《ごこくじ》方面に向かう。で、左手にある勉強堂《べんきょうどう》という洋品屋の角を左に曲がる」

山下先生は、メモした紙を何度も見た。

わたしは、その後から小走りでついていった。

勉強堂の角を曲がったとき、路地の片側《かたがわ》に母が立っていた。

「お母さん」

わたしの声で、山下先生の足が止まった。

母はブラウスの上にカーディガンをはおり、長いスカート姿で、そこに立っていた。

「早苗の母でございます」

母は、山下先生に頭を下げた。

「山下です」

同じように頭を下げる山下先生に、母は、

「いろいろ複雑《ふくざつ》な事情がございまして、園にご迷惑《めいわく》をおかけして申《もう》し訳《わけ》ございません」

再《ふたた》び頭を下げた。

母は言葉でこそ謝ったが、どこか毅《き》然《ぜん》としていて、母らしかった。

「先生、お荷物になりますけれど、ご自《じ》宅《たく》のお子さまにお持ち帰りくださいませ。味はわかりかねますが、大塚名物の千成最中です」

母は持っていた買《か》い物袋《ものぶくろ》の中から、小さな箱を取りだした。

山下先生は母に押《お》しきられて、箱を手にした。それから十二月なのに額《ひたい》の汗《あせ》をハンカチでふきながら、

「早苗ちゃん、学園の先生たちが待っているからね」

と、わたしにひとこと言うと、母に深くお辞《じ》儀《ぎ》をして駅へと戻《もど》っていった。


母は路地の横に建っているアパートのドアノブを引いた。

正面にガラス戸があって、右側が靴箱《くつばこ》になっていた。

「ここに靴を入れて。そこのガラス戸を開けるとアパートの大屋さんの家の台所になってるの。わたしたちはこの階段を上がるの」

靴箱の反対側の階段を、母は上り始めた。

途中《とちゅう》までが真っすぐになっていて、行き止まりに戸があった。

「ここを開けると物干《ものほ》し場《ば》なの」

行き止まりの階段が右に折れて、五段ほどの階段に続いていた。

「このいちばん手前の部屋が、わたしたちの借りてるところよ」

母は引き戸を開けた。

目の前に、コンクリートでできた小さな流しがあって、水道の蛇口《じゃぐち》がついていた。

その隣《となり》に、真四角な畳敷《たたみじ》きの部屋があった。

「四畳半だけど、三人だからこれでじゅうぶんね」

母は何もない部屋の壁《かべ》に立てかけてあった丸いお膳《ぜん》の脚《あし》を出して、中央に置いた。

わたしはリュックサックを部屋の片隅《かたすみ》に置いて、母を見た。

「そこを開けると、さっきの物干し場。共同だけどね」

わたしは、母の指差すベランダ風の窓を見た。

夕方、わたしは母と大塚の駅前にある商店街に買い物に行った。

商店街の中は通りを挟《はさ》んで、肉屋さん、八百屋さん、豆腐屋《とうふや》さんが軒《のき》を連ねていた。

母は、

「お姉ちゃんの少ないお給料で暮らしているから、好きなものを買ってあげられないわよ」

と言いながらも、夕食用に姉の好物のしめ鯖《さば》と、わたしの好物のあみのつくだ煮《に》を買ってくれた。

夜九時過《す》ぎに帰ってきた姉は、

「なこちゃん、どう、この部屋？」

と、わたしにきいた。

「うん、いいね」

と、わたしが答えると、姉の顔に笑みが浮《う》かんだ。

それから夕食になったけれど、しめ鯖とあみのつくだ煮だけのおかずに、わたしは学園での夕食を思いだしていた。

学園なら、このおかずに味噌汁《みそしる》ともう一品何かついたはずだ。

「この鯖の酢《す》のしめ具合、ちょうどいいわね」

と言う姉に、母もうなずいた。

わたしは、二人がこうした食事をして、わたしへの面会の品物を用意してくれたのだと思うと申し訳なさで胸がいっぱいになった。

その夜、二つ敷いた布団《ふとん》に三人で寝《ね》た。

翌朝《よくあさ》、わたしはホットケーキの夢《ゆめ》を見なかったことに気がついた。

鯖が食べられないわたしが食べたのは、あみのつくだ煮だけだったけれど、それだけでお腹《なか》も心も満たされていたのかもしれない。

姉はゆうべの残りのご飯にあみのつくだ煮をのせ、その上から水道の水をかけてすすった。

姉が出勤《しゅっきん》していくと母は、

「さっ、なこちゃん、また寝よう。起きてるとお腹がすくから、寝るの。暖《あたた》かいし、お金はいらないし。なこ、おいで」

母は服を着たまま、布団にもぐりこんでわたしを呼《よ》んだ。

昔、母はシャネルの香水《こうすい》をつけていたが、今の母からは甘《あま》いにおいはせず、石けんの香《かお》りがした。

わたしはむしろ、その香りのほうが好きだった。

次にわたしが起きると、カレーのにおいがした。よく見ると母は、小さな台所に一つだけ置いてあるガスこんろで、フライパンを使って炒《いた》め物《もの》をしていた。

「さっきパン屋さんに行って、食パンを買ってきたの。さっ、お昼にしましょ」

母は布団を片づけるとお膳を出して、パンと、カレー粉で炒めたキャベツを入れたお皿を並《なら》べた。

「これでコーヒーがあればね」

母は肩《かた》をすくめてみせた。

第十六章　東京《とうきょう》旅行（Ⅱ）

わたしは、小さいころから、母の手料理をあまり食べた記憶《きおく》がなかった。

母はいつも働いていて、姉が家事をしていたからだ。

ぜん息がひどくなって働けなくなった母と、家でこうして暮《く》らすのは初めてだった。

わたしが遠足のときだけ、母は油揚《あぶらあ》げを甘《あま》からく煮《に》て、それを具にして細いのり巻《ま》きを作ってくれた。

学園の面会日で、ほかのお母さんたちが作ってきたのり巻きを見たとき、わたしは母のお寿司《すし》屋《や》さんのような細いのり巻きを思いだした。

姉が仕事休みの日曜日のお昼、母は玉ねぎと人参とじゃがいもを細かく刻《きざ》んで、スープを作った。

わたしは、母の作るものはどうしてこんなにおいしいのだろうと思った。

「お母ちゃん、おいしいね」

スープをお代わりするわたしに、母は目を細めた。

「そう？　材料がね、ないから。ほんとはもっとおいしいの作れるのよ。戦争まえにいたソウルでは、いろいろ作ったわ」

アパートでの母は、懐《なつ》かしそうにソウルでの話をするようになっていた。

わたしの父との生活が壊《こわ》れて、離《はな》れて暮らすようになったからだとわたしは思った。

母は兄と姉の父で、フィリピンのミンダナオ島で戦死した夫の思い出話もわたしに語るようになっていた。

母がいちばん幸せだったのが、韓国《かんこく》のソウルで暮らした数年だったということを、母は毎日口にした。

「夫がフィリピンに出征《しゅっせい》するとき、昭和二十年の四月だったけど、『この戦争は負けるから日本に帰りなさい』って言ったの。東京帝国大学《とうきょうていこくだいがく》の経済学部《けいざいがくぶ》を出た人だったから、戦況《せんきょう》がわかってたのね」

母がそう話したとき、姉が、

「そこからの話がお母さんらしいから、なこちゃんきいてなさい」

と、わたしに目くばせをした。

「わたしね、それは大変だと思ってね、夫の会社に行って『日本は負けますから、日本に帰ります』って言ったの。会社の人たち、びっくりして、『奥《おく》さん、そんなこと言ったら、警察《けいさつ》に捕《つか》まるから、言ってはいけません』って言うの。でも、すぐに日本に帰っていいという許可《きょか》が下りたのよ」

　母は、うれしそうに笑った。


　夜中、母は喉《のど》の奥から「ヒュー、ヒュー」という音をさせたが、背中《せなか》にしたお灸《きゅう》がきいたのか、ぜん息の発作《ほっさ》は起きなかった。

　最初のうちは姉の出勤《しゅっきん》時間に起きていたが、そのうち、朝の十時ごろまで起きなくなった。

　ゆっくりと起きた母は、

「ね、肌《はだ》には睡眠《すいみん》が大切なの。見て、スベスベでしょ」

と言って、わたしに自分の頬《ほお》を触《さわ》らせた。

　姉はそんな母を笑って許《ゆる》していた。

　夕方、商店街に買い物に行くうち、どの商店も「歳末《さいまつ》大売り出し」という赤いチラシを店の入り口にはっているのに気がついた。

わたしは、一年まえに暮らした根津《ねづ》の商店街を思いだした。

そして、わたしをかわいがってくれた広田《ひろた》さんのおじさんとおばさんに会いたくなった。

「お母さん、広田さんちに行きたいね」

わたしは、買い物かごをさげた母に言った。

広田さんのおばさんは若《わか》いときからの母の親友だった。

「そうね、いつかね」

母はそれだけ言うと、

「今夜はコロッケにしようか」

と、わたしにきいた。

肉屋で揚げたてのコロッケを買ってきて、細切りにしたキャベツとともにソースをかけて食べるのが、わたしは大好きになっていた。

アパートの部屋に戻《もど》ると、母はお膳《ぜん》の上に油のしみたコロッケの包みを置いた。

「今日が二十六日。あと六日でお正月か、困《こま》ったわね、お正月にもうちょっと待ってって言えたらいいのに」

と、母は言って、ため息をついた。

それから、わたしの頭をなでながら言った。

「亜矢子《あやこ》って、あんなに美人なんだから女優《じょゆう》になればいいのにね。あの子真面目《まじめ》なのよ、変なとこ。わたしね、娘《むすめ》時代、松竹大船撮影所《しょうちくおおふなさつえいじょ》の写真コンテストに応募《おうぼ》して受かったの。その手紙を父に見つかって、しかられて終わり。ああ、あのとき女優になってれば、こんな生活をすることもなかったのにね……。どうしてわたしの子どもは真面目なのかしら。和美《かずみ》だって、学生運動するくらいならヤクザにでもなればいいのに」

わたしはびっくりして、母の顔を見た。

「ないしょよ。亜矢子、すぐ怒《おこ》るの。お母さんは不良だって」

母はわたしに言った。

「なこは、美人じゃないから幸せになるわ。顔がまん丸のなこは、お月さまみたいで人の心をなごませるもの。そのうち、お母さんが働いて、なこを大学に行かせるから勉強するのよ。いいこと、いじわるされて泣くくらい情《なさ》けないことはないのよ。それじゃ、あなたのお父さんといっしょよ。なこは違《ちが》うわよね」

わたしは母にきらわれたくなくて、「うん」とうなずいた。

母はいつもわたしに言っていた。

「なこは、美人じゃないから幸せになる」

わたしはその言葉をいつのころからか信じていた。

お正月に着物を着て写真を撮《と》ったとき、子狸《こだぬき》のようなわたしと美しい姉が写った二人の写真が写真館に飾《かざ》られず、姉一人の写真が飾られたときも、ショックは受けたが、さほど深い傷《きず》にはならなかった。

それは、

「なこは不美人だけど、幸せになる」

という母の言葉が、わたしを支《ささ》えていたからだ。

次の日、母が窓《まど》から青い空を眺《なが》めた後、

「なこちゃん、お母さんのお父さんとお母さんのお墓《はか》を見たことがないでしょ。今日、行ってみようか」

と、ポツリと言った。

わたしはどこでもいいから外出したかった。

母はビニールでできたハンドバッグを持って、部屋を出た。

「こんな格好《かっこう》で行きたくないけど、まっ、しかたないわね」

母はトントンと階段《かいだん》を下りた。

アパートの玄関《げんかん》を出て、勉強堂《べんきょうどう》という洋品店の脇《わき》を通《とお》り過《す》ぎようとしたとき、ちょっと、足を止めた。

「ここの場所にね、戦前だけど、わたしのお父さんのお店があったの。同じように洋品店をやってて、当時はね、大繁盛《だいはんじょう》しててそのお金で王子《おうじ》に家を建てて、千葉《ちば》にも別荘《べっそう》を買ったのよ。二代目の兄さんが店をつぶしちゃったけど」

わたしは姉からもその話をきいていた。

千葉の別荘という言葉で、わたしは九十九里《くじゅうくり》の信正《のぶまさ》さんを思いだした。

母は勉強堂の正面に広がる大通りの真ん中の都電《とでん》の停留所《ていりゅうじょ》まで歩いて、上野広小路《うえのひろこうじ》行きと表示《ひょうじ》の出た都電に乗った。

わたしはときおり、「チン、チン」と鐘《かね》を鳴らして走る都電の車窓《しゃそう》から、通り過ぎていく街並《まちな》みを見ていた。

地下鉄茗荷谷《みょうがだに》駅の近くで、母は都電を降《お》りた。

「お母さんは七人兄弟のいちばん下に生まれたんだけど、お母さんのいちばん上の兄さんは勉強ができて性格《せいかく》も穏《おだ》やかで、両親の自慢《じまん》の息子《むすこ》だったたんですって」

母は大通りから、路地を曲がり、そこに続く長い坂を下り始めた。

「昔、兄さんが元気なころに『父さん、茗荷谷の近くに藤《ふじ》の花がきれいに咲《さ》くお寺がある』って言ってたんですって。兄さんは十九のとき腹膜炎《ふくまくえん》で死んだんだけど、お父さんとお母さんで藤の咲くお寺を探《さが》したら、ほんとうに藤寺《ふじでら》って呼《よ》ばれているお寺があったのね、で、兄さんのお墓を作ったの。今は、お父さんもお母さんもいっしょにそこに眠《ねむ》ってるのよ」

長い坂を下りきると、目の前に行き止まりを表す塀《へい》が見えた。

母は、塀の左側の立派《りっぱ》な門を見上げた。

『伝明寺《でんみょうじ》』

という字が、門柱の表札に書いてあった。

「なこちゃん、大学へ行くのよ。亜矢子はあなたのお父さんのせいで行けなかったけど、なこは行くのよ。お母さんを見てごらんなさい。女の幸せは、結婚《けっこん》じゃない。戦争で夫が戦死して、それからは地獄《じごく》だった。なこは、手に職《しょく》を持つか、学歴をつけるか、しなさい。お母さんみたいな生き方をしないために」
お墓参りの帰り、母はわたしと手をつないで歩きながら、そう語り続けた。

第十七章　東京《とうきょう》旅行（Ⅲ）

仕事がお正月休みに入った十二月三十日の夜、姉が、

「なこちゃん、銭湯《せんとう》に行こう」

と言って、洗面《せんめん》用具を台所の流しの下から取りだした。

アパートから歩いて二分ぐらいのところにある銭湯にはもう何回か行っていて、浴室の壁《かべ》一面に描《か》かれた絵を見るのが楽しみになっていた。

「ねぇ、お姉ちゃん、あの絵はどこだろうね」

湯船につかりながら、わたしは森と湖の描かれた絵を見上げた。

「外国よね。いいねぇ、一度でいいからあんなところに行ってみたいわ」

姉も絵を見上げた。

湯船から出て、洗《あら》い場《ば》でわたしの体を洗ってくれながら、姉が、

「お墓《はか》参りに行ったんですってね」

と、後ろから話しかけてきた。

「うん」

「立派《りっぱ》だったでしょ、お墓」

「うん」

「でもねぇ、なこちゃん、おじいさんとおばあさんのお墓がいくら立派でも、もうわたしたちとは関係ないのよね、かなしいけど。しっかり働いて、後ろ指を差されない生き方をしようね」

わたしは、目の前の一列に並《なら》んだ横長の鏡越《ご》しに、姉の顔を見た。

「お母さんはね、まだ現実《げんじつ》を受け入れられないの。この貧《まず》しさを。昔の暮《く》らしが忘《わす》れられないのね、お嬢《じょう》さまだったから。お母さんはね、わたしに働きが足りないって言うの。たしかにお母さんは、なこちゃんが小さいころ、保険《ほけん》の仕事をしていて社内でいちばんの成績《せいせき》を取ったりしてすごかったけど……。だから、なこちゃんのお父さん、お母さんに頭が上がらなくなって、ああなったのかもね」

わたしは姉から手ぬぐいをもらって、姉の背中《せなか》を流した。

「お姉ちゃんね、いつか、定時制《ていじせい》高校に行こうと思ってるの。なこちゃんが高校に入るころ、そんな余裕《よゆう》ができるといいなって」

わたしは、やせた姉の体を見るのがつらかった。

もう一度湯船に入ろうとしたとき、湯船の中に首筋《くびすじ》まで真っ白にお化粧《けしょう》をした女の人と子どもがいるのに気がついた。

「あの人たち、大塚《おおつか》の芝居《しばい》小屋に出ている大衆演劇《たいしゅうえんげき》の役者さんよ。夜のお芝居が終わるとお化粧したまま、ここに来るの。お姉ちゃんも最初、ギョッとしたけどね」

わたしは、子役の女の子を見た。

女の子は湯船から上がると、洗い場に座《すわ》って一人で器用に石けんを泡立《あわだ》てて、顔と首筋についたお化粧を落とした。

わたしは、姉に甘《あま》えている自分を恥《は》ずかしく思った。

「困《こま》ったわね、うちだって年を越すお金がぎりぎりなのに」

大家さんの家にかかってきた電話に呼《よ》びだされて下に行っていた母は、部屋に入ってくるとため息をついた。

「お父さん？」

姉が心配そうにきいた。

そのとたん、わたしの胸《むね》がドキンと音をたてた。

父を忘れたわけではなかったが、父を思いだしたくなかった。

今の穏《おだ》やかな生活を、父に壊《こわ》されたくなかったのだ。

いつのころからか、父からは幸せのにおいが消えて、いつも不幸のにおいがした。

「『病気して、お金がないから、お正月のお節《せち》だけでも食べさせてくれないか』って。なこも帰ってきていて、お米代もらいたいぐらいですよって、言ってあげた」

「お母さん、なこちゃんのことまで、そんな言い方するなんて」

母の言葉に姉がとがめるように言い返した。


夜、布団《ふとん》の中で、母の言葉を思いだした。

(わたしも負担《ふたん》をかけているんだ)

そのことが、かなしかった。

たくさん食べるくせに、家のために働けない自分が情《なさ》けなかった。

十二月三十一日の夕方、姉が箱を抱《かか》えて部屋に戻《もど》ってきた。

「なこちゃん、お友だちの家からラジオを借りてきた。お友だちはテレビで紅白歌合戦《こうはくうたがっせん》を観《み》るっていうから、借りてきたの。ラジオで紅白歌合戦をきこう」

わたしは、姉が箱からラジオを出して、お膳《ぜん》の上に載《の》せるのを手伝った。

「橋幸夫《はしゆきお》が出るのよ。なこちゃん、お姉ちゃんね、中学のとき、橋幸夫と同級生だったの」

「うそー」

わたしが驚《おどろ》いてみせると、姉は押《お》し入《い》れを開けて小箱の中からアルバムを出した。

そして、ページをパラパラとめくりながら、

「ほらね」

と、自慢《じまん》そうにアルバムをわたしの目の前に置いた。

「すごい人数」

わたしは写真の中の生徒数が多いのに、またびっくりした。

「ほら、これがお姉ちゃんで、こっちにいるのが橋幸夫」

まだ頬《ほお》がふっくらした少年を、姉が指差した。

「どれどれ？」

台所で里いもを煮《に》ていた母までが、手を止めてアルバムをのぞきこんだ。

「ほらほら、お母さんも初めてでしょ。この写真見るの」

姉がアルバムを持ち上げたとき、挟《はさ》んであったらしい一枚《まい》の写真がパラッとお膳の上に落ちた。

それは、二年まえのお正月にわたしと姉が着物を着て写真館で写した写真だった。子狸《こだぬき》のようなわたしと、美しい姉の、懐《なつ》かしい写真だった。

「懐かしいわねえ。でも、今のほうがお姉ちゃんは幸せ。お父さんには悪いけど……」

姉の言葉に、わたしは何も言えなかった。

わたしは家の中に立ちこめるお醬油《しゅうゆ》のにおいと、ラジオから流れる歌謡曲《かようきょく》をききながら、一つだけ敷《し》いた布団の中で眠《ねむ》り始めた。

わたしはとても幸せだった。

だから、父が今どこでどうしているのか考えたくなかった。

それからしばらくして、わたしは母と姉の話す声で目が覚めた。

もう、ラジオからの紅白歌合戦の中継《ちゅうけい》は、終わっていた。

「これ、なこちゃんの一月分の寮費《りょうひ》の三千円だけど、学園には少し待ってもらうように頼《たの》んでみるわ」

「しかたがないわよ。お金をあげなきゃ、ここに泊《と》めてくれって言うのだもの。つくづく、情けない人だと思ったわ」

わたしは、姉と母の会話が父のことだとすぐにわかった。

「亜矢子《あやこ》に申《もう》し訳《わけ》ないわ」

そう言う母の言葉に、姉が、

「わたしは他人だから。なこちゃんとは血がつながってるんだもの。なこちゃんがかわいそう」

と、つぶやくように言った。


元日の朝、アパートの廊下《ろうか》中に目ざしを焼くにおいが充満《じゅうまん》した。

共同のお便所に行って戻ってきた母は、

「何かいいわね。元旦《がんたん》だからお節なんて常識《じょうしき》を吹《ふ》き飛《と》ばすようで、楽しいわ」

と、笑った。

母はお節料理に頭に悩《なや》ませていたが、里いもを煮た以外は、商店で黒豆と豆きんとんと鮒《ふな》の甘《かん》露煮《ろに》を買って、プラスチックの赤いお重に詰《つ》めた。

わたしは、小ぶりの赤いお重がお正月らしい華《はな》やかさを演出《えんしゅつ》しているようで、うれしかった。

父がアパートを訪《たず》ねてきたのは夕方で、ひげづらで、以前の父よりもっとうらぶれて、やつれていた。

「悪いな、一杯《ぱい》飲ませてくれよ」

父がうつむきながら言うと、母が、

「うちは女だけだから、お酒なんてないのよ。お節を入れたお弁当を作っておいたから持っていきますか」

ときいた。

「ああ、じゃ、そうするか」

父は、脱《ぬ》いだばかりの野球帽《やきゅうぼう》をもう一度かぶり直した。

「それと、これ亜矢子から」

母は、竹の経木《きょうぎ》に包んだご飯の包みと茶色い封筒《ふうとう》を父に渡《わた》した。

「悪いな、お姉ちゃん」

父は姉に頭を下げた。

「お父さん、明日から寒くなるんですって。風邪《かぜ》に気をつけてね」

姉が父を見上げた。

「もう死んだって、いいんだけどな」

父が寂《さび》しそうに笑った。

「お父さん、なこちゃんのために頑張《がんば》らなくちゃ」

姉が励《はげ》ますように、父に笑いかけた。

「なこ、お年玉もやれなくて。この次にな」

わたしは父を正視《せいし》できなかった。

できるなら、大声で泣きたかった。


――なんでそんなに惨《みじ》めなの。

なんで働かないの。

なんでそんなにかなしい人なの――

わたしは、唇《くちびる》をかんで涙《なみだ》をこらえた。

「なこちゃん、元気でな」

父はそれだけ言うと、肩《かた》を落として駅へ向かって歩いていった。

わたしは、父を追って外に出た。そして、晴れ着を着て道行く人に見えないように、電信柱の陰《かげ》に隠《かく》れて涙を流した。

第十八章　東京《とうきょう》旅行（Ⅳ）

「またダメだったわ」

母は一階の靴箱《くつばこ》の上にあった封筒《ふうとう》を見つけると、すぐにその場で封を切り、ため息をついた。

「何が？」

わたしがきくと、母はちょっと肩《かた》をすくめて、

「仕事よ」

と言った。

「亜矢子《あやこ》ばかりに迷惑《めいわく》かけられないし、ぜん息がすごくよくなったから、働こうと思って新聞の求人欄《きゅうじんらん》を見て履歴書《りれきしょ》を送ってるんだけど、なかなか受からないの」

わたしは、父がしっかりしないから、母と姉の苦労が絶《た》えないのだと思うと、申《もう》し訳《わけ》ない気持ちになった。

姉は週二回、夜に喫茶店《きっさてん》でレジ打ちをしていた。

夜、母はいり卵《たまご》を作って、ご飯の上に散らしてくれた。

わたしは、母はなんてお料理が上手なのだろうと思った。

何を食べても、母の作るお料理はおいしかった。食後に、

「なこは十日に学園に帰るのよね」

母にきかれたとき、わたしは思いきって、

「なこね、ここにいたい」

と言おうかと思った。

「ご飯を三回食べられなくても、学園には帰りたくない」

と言いたかった。

でも、言えなかった。

学園でのいじめのようないやがらせのことを母に言えば、母はがっかりするだろう。

「なこは弱い子なのね」

と言うはずだ。

いじめには耐《た》えられる。

ただ、訳のわからない寂《さび》しさに、耐えられなかった。

毎晩《まいばん》、母と姉とホットケーキを食べる夢《ゆめ》を見たことを言ったら、母はなんと答えるだろうか。

父ばかりでなく、わたしまで二人を困《こま》らせる存在《そんざい》になりたくないという気持ちも、心の片隅《かたすみ》にあった。

「ねぇ、なこ」

母がビニールのハンドバッグから小さな冊子《さっし》を取りだして見せた。

その冊子の表紙には、

昭和十七年版《ばん》
帝國学園《ていこくがくえん》　卒業生　名簿《めいぼ》
帝國学園同窓會《どうそうかい》

という文字が書いてあった。

「お母さんね、小学一年生から今でいうと六年生まで、西山哲治《にしやまてつじ》って人が創立《そうりつ》した私立《しりつ》の帝国学《ていこくがく》園《えん》っていう小学校に通っていたの。三歳《さい》年上の文子《ふみこ》姉さんと、毎日お手伝いさんに送ってもらって。一年生から英語の授業《じゅぎょう》があったの」

わたしは冊子をめくった。

「お母さんは昭和二年の卒業生なの。そこを卒業してやっぱり私立の京華女子校《けいかじょしこう》に入学したの」

わたしは昭和二年のページを見た。

「どこにあるの？　お母さんの名前？」

母が指差したのは、塚田好子《つかだよしこ》という見慣《みな》れない名字のついた名前だった。

塚田好子　　家政学院《かせいがくいん》卒

わたしは母の名前が、兄と姉の父親の名字であることに違和感《いわかん》を覚えた。というより、母が知らない人のように思えた。

帝国学園卒業後の経歴欄《けいれきらん》には、「家政学院卒」とある。

「同じページに小平邦彦《こだいらくにひこ》って人の名前があるでしょ。彼《かれ》は東大《とうだい》の理学部に進んで、今や世界的数学者の一人なのよ」

わたしは母が家政学院を出たことも知らなかった。母は、

「ほんとうは四年制の大学に行って弁護士《べんごし》になりたかったの。でも、父に反対されて」

と言った。

(私立の早稲田中学《わせだちゅうがく》を一年で中退《ちゅうたい》したお父さんとは全然違《ちが》うんだ)

わたしは、もう一度名簿を見た。

「三月にね、帝国学園の同窓会があるって、大阪《おおさか》の文子姉さんから知らせがあったんだけど、こんなに貧乏《びんぼう》してて、着ていく服もないもの。別の理由つけて断《ことわ》っちゃった」

わたしは父に代わって、母に謝《あやま》りたかった。

「ねぇ、なこは、大学に行ってね。お母さん、それだけが楽しみなの。学園でよく勉強したんですってね。成績《せいせき》もいいし、お母さんも働くから……もっと、頑張《がんば》るのよ」

母はそう言いながら、台所からみかんを持ってきた。

「食べようね」

わたしはみかんをむきながら、泣きたくなった。


夜の九時過《す》ぎに、母が姉を駅まで迎《むか》えに行こうとわたしを誘《さそ》った。

母と手をつなぎながら、都電《とでん》の走る大通りを歩いた。

「そうだ、商店街の中を歩いていこう。ちょうど、お芝居《しばい》が終わるころだから、役者さんが観《み》に来たお客さんを送りだして、にぎやかよ」

母が、わたしの手を引《ひ》っ張《ぱ》った。

「ほらね、たくさん人がいるでしょ」

母の足が止まった先に、時代劇《じだいげき》の扮装《ふんそう》をした男の人や女の人、子どもたちが、芝居小屋の前に並《なら》んで、帰るお客さんたちに、

「ありがとうございました」

と、口々に言って、頭を下げていた。

お風呂《ふろ》にいた子を探《さが》したが、今日は鬘《かつら》をつけているのでわからなかった。

もし、十一歳のわたしが働くとしたら、こういうところなのだろうと思うと、すぐに通り過ぎることはできなかった。

「お母さん、ここ、入場料高いの？」

と、わたしがきくと、

「お母さんが働いたら、観に来ようね」

母はそう言って、芝居小屋の上にかかっている看板《かんばん》を見上げた。

わたしは、何度も何度も帰っていくお客さんに向かって頭を下げている子役の子どもたちをふり返り、ふり返りして歩いた。

一月七日の日曜日、姉は、

「なこちゃんを池袋《いけぶくろ》に送っていかなくちゃならないから、今日出勤《しゅっきん》して水曜日にお休みをもらったわ」

と、わたしに言った。

学園に帰る日が近づいていた。

それにつれて、わたしはだんだんと学園の夢を見るようになっていた。

「ブタ、ブタ、小ブタ、

中村《なかむら》小ブタは、生意気だ」

夢の中に、北島《きたじま》君が必ず登場した。

「なこ、東京に来てから、お墓参《はかまい》り以外どこにも行ってないから、浅草《あさくさ》に行こうか?」

姉が出勤した後、母がわたしを見た。

「浅草にもしばらく行ってなかったし、行こ、行こ」

母は、そそくさとしたくを始めた。

お膳《ぜん》の上に小さな鏡を立てかけると、母は髪《かみ》をとかし、姉と兼用《けんよう》のおしろいを顔にはたいた。

「なこは色が白いからいいわね、『色の白いは七難隠《しちなんかく》す』って、昔からことわざにうたわれててね。わたしと亜矢子は色黒だから、お化粧《けしょう》しないと見られたもんじゃない。わたしはね、若《わか》いころ、色が黒いのと、甘《あま》い物が大好きだから、あだ名が『ようかん』だったの」

母はそう言いながら、マッチの棒《ぼう》の先に火をつけると、棒をふるようにして消した。

「眉《まゆ》ずみの代わりになるの」

母は燃《も》えた後のマッチの棒の先で、眉の上をなぞった。それから、右手の小指で残り少なくなった口紅《くちべに》をすくうようにとって、唇《くちびる》に塗《ぬ》った。

口紅を塗ると、母は別人のように生き生きとして美しい母になった。

都電を一つ乗《の》り換《か》えて、浅草に着いた。

「浅草寺《せんそうじ》で、初詣《はつもう》でしようか」

母はビニールのハンドバッグとビニールの靴という、昔では考えられない姿《すがた》で、それでも胸《むね》を張《は》って歩いた。

「お化粧品はコティで、靴は銀座《ぎんざ》ヨシノヤ」

と、いつも言っていた母を思いだすと、わたしは母がかわいそうでならなかった。

浅草寺の参道は、お正月の松の内ということと日曜日が重なって、たくさんの人でにぎわっていた。

晴れ着を着た人たちの間をすり抜《ぬ》けるようにして、母とわたしは浅草寺の山門にたどり着いた。

「亜矢子の分も、お願いしようね」

母はそう言うとがま口の中から、五円玉三個《こ》を出してそのうちの一個をわたしにくれた。

わたしは、なるべく前でお賽銭《さいせん》を投げようとして、本堂が見えるところまで進んだ。

わたしが五円玉をお賽銭箱に投げて、お願いごとをしようとしたときだった。

わたしのフードのついたショートコートに、何かが当たった感触《かんしょく》を感じた。

（あっ）と、思った瞬間《しゅんかん》、また何かがフードの中に投げ入れられた。

わたしは、人をかき分けて後ろにいる母のもとに戻《もど》った。

わたしの胸は、ドキドキしていた。

参道の横の鳩《はと》がエサをついばんでいるところまで歩いてきたとき、わたしは母に言った。

「お母さん、わたしのフードの中に、後ろからお賽銭が飛んできた」

母は、すぐにわたしのフードの中に手を入れた。

「あらぁ、三百円も入ってる」

母が笑った。

「お賽銭だから、返すの？」

わたしがきくと、母は、

「ここからね、『ありがとうございました』って、手を合わせればいいの」

母とわたしは、本堂に向かって手を合わせた。

「これで、うどん食べましょ」

母が、うれしそうにわたしの手を取った。

第十九章　一月十日

学園に帰る日の前日の夜、わたしは姉と銭湯《せんとう》に行った。

姉に「学園に帰りたくない」と言う最後のチャンスだった。

脱衣所《だついじょ》で、姉が正面の鏡に映《うつ》るわたしを見て、

「あらぁ、なこちゃん、太ったね」

と、笑いながら言った。

わたしは自分の体を見た。

体が太ったことによって、胸《むね》の膨《ふく》らみがまた少し大きくなっているような気がした。

わたしは「やだな」と思った。

わたしの体のことを下級生の女の子に言いつけさせる男の子たちの顔が浮《う》かんだ。

「あのね……」

わたしは、学園に帰りたくない理由を姉に言おうとした。

でもすぐに、なぜか山下《やました》先生の言葉が頭に浮かんだ。

「早苗《さなえ》ちゃん、ここに来てる子たちはね、みんなかわいそうなんだよ」


わたしは「エッ?」とふり向いた姉に何も言わず、洗い場に入った。

わたしたちが座《すわ》った場所と鏡を隔《へだ》てた向こう側に、舞台化粧《ぶたいげしょう》をした大人の女の人と女の子が座っていた。

わたしは、つい、女の子をじっと見てしまった。

よく見ると、女の子は泣いていた。

「いつまで泣いてんだよ。明日の朝から栃木《とちぎ》の芝居《しばい》小屋へ移動《いどう》するんだから、早く帰って荷造《にづく》りしなくちゃならないんだよ。さっさとおしよ」

女の子はしゃくり上げながら、顔に石けんの泡《あわ》をつけた。

「学校へ行きたいっておまえの気持ちは、わかるさ。でも、親が旅芝居してんだ、無理に決まってんだろ。さっ、お湯から出たら、コーヒー牛乳《ぎゅうにゅう》飲ませてやるからさ」

わたしは姉の後ろからついていって、湯船に入った。

少し遅《おく》れて、お化粧を落とした女の子が、一人で湯船に入ってきた。顔じゅうにそばかすのある女の子は、わたしの親友だった尾本《おもと》かおりに似《に》ていた。

わたしはかおりのことを、ひさしぶりに思いだしたけれど、すぐに、もう一生会うことはないだろうと思った。

かおりは今六年生で、今年の春、中学生になるはずだ。

——あたいより、なこちゃんのほうが幸せだよ——

という、かおりの口癖《くちぐせ》をわたしは思いだした。

「ねぇ、なこちゃん」

姉の声がした。

「ン？」

「お母さんね、なこちゃんが大学に行くのが夢《ゆめ》だって。お母さんをかわいそうな人だとは思わないけど、今のお母さんは元気がなくてお母さんらしくないわ。なこちゃんが学園で勉強して、いい成績《せいせき》を取ることが生きがいなのよ」

わたしは、お湯で顔を洗《あら》うふりをした。

脱衣所のベンチで、子役の女の子がコーヒー牛乳を飲んでいた。

その姿《すがた》を見た姉が、

「なこちゃん、コーヒー牛乳、半分ずつ飲もうか」

と言った。

わたしが先にコーヒー牛乳を飲んだ。

「お姉ちゃんね、少しまえ、『風《かぜ》と共《とも》に去《さ》りぬ』って映画《えいが》を観《み》たんだけど、主人公のスカーレット・オハラが、お母さんに雰囲気《ふんいき》も性格《せいかく》もそっくりなんで、びっくりしちゃった」

姉はそう言ってから、

「きれいで、わがままで、傲慢《ごうまん》で。でもね、どこか、かわいいの。なこちゃんのお父さん、お母さんに負けたのね。それを考えると、ときどき、お父さんが気の毒になるの」

わたしは、姉に半分残っているコーヒー牛乳の瓶《びん》を渡《わた》した。

父のことを「気の毒」と言う姉のほうが、ずっとずっと、かわいそうなのにと思った。

十日の朝、母と姉が台所とお膳《ぜん》の間を行ったり来たりしているようすで目が覚めた。

「起きた？　なこちゃん、お母さんがね、なこちゃんの大好きな油揚《あぶらあ》げの煮《に》たのを入れたのり巻《ま》きを作ってるのよ」

姉の声とともに、プンと甘《あま》い酢《す》のにおいがした。

「ほら、起きて」

姉に手を引《ひ》っ張《ぱ》られて、わたしは布団《ふとん》の上に起き上がった。

母がまだ湯気の立っているご飯を、お皿に入れて運んできた。

「うちわで冷まして」

母の言葉に、姉が、

「うちわはないけど、ほら、そこのボール紙であおげばいいわ」

姉がボール紙で、パタパタとご飯をあおいだ。

わたしはしばらく、二人をじっと見ていた。

ゆうべ銭湯で、「学校へ行きたい」と言って泣いていた女の子に比《くら》べれば、わたしは幸せなんだと思った。


母の作ったのり巻きを食べるのは、ひさしぶりだった。のり巻きを切った後の残りの両端《りょうはし》を口に入れた。

ご飯の甘酸っぱさと、油揚げの甘からさが口の中に広がった。

わたしはこぼれそうになる涙《なみだ》を、のり巻きを上を向いて食べるふりをして、飲みこんだ。

「早苗ちゃん、かなしみの味を知っているとやさしい人になれるよ」

という山下先生の言葉がよみがえった。

(やさしい人になんて、なりたくない)

わたしは、心の中でさけんだ。

(だから、かなしみの味なんて、知りたくない)


母は、大塚駅《おおつかえき》まで見送りに来てくれた。

わたしは十月に入園するとき母が編《あ》んでくれた、白い毛糸の帽子《ぼうし》をかぶっていた。

「勉強するのよ」

母はそれだけ言うと、パッと背中《せなか》を向けて戻《もど》っていった。

「お母さん、泣くとこを見せたくないのよ」

姉がわたしのリュックサックの上から、背中を押《お》した。

山手線《やまのてせん》に乗っても、姉は何もしゃべらなかった。

池袋駅《いけぶくろえき》のホームを下りて、丸物百貨店《まるぶつひゃっかてん》の地下に向かって、二人とも黙《だま》って歩いた。

わたしは、何かを言えば涙が出ると思った。

姉も同じだったかもしれない。


「早苗ちゃん、元気そうだね」

山下先生が目を細めて、わたしを見た。

その後で、姉が山下先生に頭を下げながら話をしていた。

「気にしないでいいですよ」

山下先生の言葉がきこえたとき、わたしは姉が寮費《りょうひ》を払《はら》えないことをわびているのだとわかった。

子どもたちが、親といっしょに続々と集まってきた。

「またいっしょか、やあね」

声のほうをふり返ると、竹中《たけなか》さんがわたしを見ていた。

わたしの心の中から、かなしみという文字が少し薄《うす》れたような気がした。

(わたしはここでしか、生きていけないのだ)

わたしは自分に言いきかせた。

（なら、強く生きていこう）

千葉《ちば》から乗《の》り換《か》えた電車の四人がけの席に、わたしが座っていると、

「ここ、いい？」

と言って、山岡《やまおか》君と友子《ともこ》ちゃんが座った。

そして、すぐに、

「ここ、いいですか？」

と、森《もり》君が座った。

わたしは、うれしかった。

入園するときは、この四人がけの席に一人だけだったけど、今は四人で座っている。

「早苗ちゃん、玉子《たまこ》先生が待ってるよ」

山下先生はそう声をかけてくれながら、わたしが一人じゃないことに安心したようにうなずいた。

「先生、トミーは？　トミー、元気？」

友子ちゃんがきくと、山下先生は友子ちゃんをじっと見て、

「元気で『メェー、メェー、友子ちゃんはまだー？』って鳴いてるよ」

と、山羊《やぎ》の鳴き声を出したので、わたしたちは四人で笑った。

「木更津《きさらづ》、次は木更津だ」

山岡君が窓《まど》から首を伸《の》ばすようにして、ホームの駅名を見た。

「お兄ちゃん、もう、知ってるよ、なんとかっていう人が『君去らず』って言ったことと、狸《たぬき》のお寺のこと」

友子ちゃんが言うと、山岡君が頭をかいた。

わたしは、

（あぁ、そうだ、もう一人の人が待ってくれている）

ということに、気がついた。

石川啄木《いしかわたくぼく》だ。啄木の歌があの図書室で待っている。

わたしは窓に顔をつけた。

ふと、顔と首筋《くびすじ》だけが真っ白な子役の女の子と、わたしの顔が、ガラス窓に二重写しになって見えた。

おわりに

『10歳《さい》の放浪記《ほうろうき》』を出版《しゅっぱん》した後、姉は口にこそ出しませんでしたが、わたしの娘《むすめ》の人生を思って心を痛《いた》めた様子が手に取るようにわかりました。事実、娘は大変なショックを受けたようでした。

そして、また、その続編《ぞくへん》である『かなしみの詩《うた》』を、わたしはあえて書きました。それはその出生《しゅっしょう》が非嫡出子《ひちゃくしゅっし》であろうが、十歳の日にホームレスであろうが、幼《おさな》くして小学五年生を二回やり直そうが、わたしは乗《の》り越《こ》えて生きてきたということを、伝えたかったのです。

人間が生きていく条件《じょうけん》は、いつも整ったものではありません。わたしの場合、かなり悪い条件がそろいましたが、人並《ひとな》みな人生を求めて必死に生きてきました。

竹田養護学園《たけだようごがくえん》での日々は、ホームレスだったわたしの再生《さいせい》の日々でもありました。世の中の守るべきルールや規範《きはん》から大きく逸脱《いつだつ》していたわたしにとって、学園の生活は、朝起きて夜寝るまで、すべてが再生のための学習でした。

普通《ふつう》の人間として生きていくための最初のハードルだったと言ってもいいかもしれません。その学習も、山下《やました》先生、内山《うちやま》先生、玉子《たまこ》先生をはじめとする学園の先生方のあたたかな愛情《あいじょう》に包まれたからこそ、耐《た》えることができたのだと思います。

わたしは山下先生との出会いにより、「教師《きょうし》」になろうという夢《ゆめ》を持ちました。その夢が、どれほどわたしの励《はげ》みになったことでしょう。

友だちのいじめに耐えられたのも、夢のおかげだったと思います。また、わたしはホームレスの日々を経《へ》て、強い少女になっていたのでしょう。

強くなるということは、人を信じないという人間不信にもつながっていましたが、山下先生が電車の中でくださったお弁当《べんとう》が、かたくななわたしの心を開くきっかけになってくれました。

もう一度、人を信じよう――そう思わせてくれたのが、学園での生活でした。

ホームレス時代も、自分の生活のためにパチンコをしてかせいだ少女は、今度は、うわさできいた太鼓《たいこ》焼《や》きのために耳を傷《きず》つけます。

わたしは生きることに、もともと貪欲《どんよく》だったのかもしれません。

もし、わたしが逆境《ぎゃっきょう》の中にいなければ、発揮《はっき》できない本能《ほんのう》であったかもしれないと、この作品を通じて思いました。

わたしにさまざまなことを教えてくれたこの学園は、当時の養護学園としての役割《やくわり》から、今の時代に合った施設《しせつ》へと、その役割を変えています。

竹田学園を卒園した後、わたしは東京池袋《とうきょういけぶくろ》の小学校に転校し、中学、高校、大学へと進学、夢であった小学校教師になりました。もちろん、その陰《かげ》には、いつも、母と姉の経済援助《けいざいえんじょ》がありました。


夢は努力すればかなう……のです。


わたしはときおり、東京大塚《おおつか》にある『江戸一《えどいち》』という居酒屋《いざかや》さんに立《た》ち寄《よ》ります。学園の東京旅行で帰ったとき、見つけたお店です。いつか、父を連れていきたいと思い続けたお店ですが、父が生きている間に、それはできませんでした。

わたしはそのお店で、わたしのためにお酒のお銚子《ちょうし》を二本飲み、最後に父のために一本追加します。三本のお銚子を飲んで駅に向かう酔《よ》ったわたしの目に、父と母の姿《すがた》が見えます。

二人がニコニコして、大塚の駅に立っているのです。

その一瞬《いっしゅん》のために、酔うのかもしれません。

「ありがとう」

わたしは、二人に声をかけます。

「今、とっても幸せだから」

わたしの言葉に、父と母がうなずきます。

それから、わたしは夜空を見上げて言います。

「山下先生、わたし、教師になりました。長くは続けられなかったけれど……。先生のおかげです。ありがとう」

わたしは今年五十九歳になります。

今、大好きな啄木《たくぼく》の歌は何かときかれたら、

いくたびか死なむとしては
死なざりし
わが来《こ》しかたのをかしく悲し

だと答えましょう。

この作品の出版にあたりまして、取材からご一緒《いっしょ》してくださり、わたしを励まし続けてくれた編集の北村典子さんに心からの感謝《かんしゃ》を申し上げます。

また、山下先生のようにあたたかく見守ってくださった児童局局長の大竹永介、部長の那須奈美子、ご両名に深くお礼申し上げます。

上條《かみじょう》　さなえ

二〇〇九年一月

上條《かみじょう》さなえ
一九五〇年東京に生まれる。小学校教員を経て、一九八七年、児童文学作家としてデビュー。作家生活の傍ら、埼玉県の児童館館長を十一年間務める。著書に『さんまマーチ』(国土社)、『コロッケ天使』(学習研究社)、『10歳の放浪記』、『キャラメルの木』(ともに講談社)など多数。執筆や講演を通して、家族のふれあいの大切さを訴えている。二〇〇二年から埼玉県教育委員会にて教育委員を、二〇〇五年七月から二〇〇六年十月までは同委員長を務める。

かなしみの詩《うた》――「10歳《さい》の放浪記《ほうろうき》」その後《ご》

二〇〇九年一月十三日　第一刷発行

著者　上條《かみじょう》さなえ
発行者　中沢義彦
発行所　株式会社　講談社
〒112-8001　東京都文京区音羽二―十二―二十一
電話　出版部〇三―五三九五―三五三四
販売部〇三―五三九五―三六二五
業務部〇三―五三九五―三六一五

印刷所　株式会社　精興社
製本所　株式会社　若林製本工場
本文データ制作　講談社プリプレス管理部

この作品は事実をもとに構成していますが、プライバシーを考慮し、地名、人名、団体名等に仮名を使用している部分もあります。

N.D.C. 289 208p 20cm ISBN 978-4-06-215191-7

10歳の放浪記

上條さなえ／作

「かなしみの詩」の
養護学園に入るまでを綴った感動作！

昭和三十五年、小学五年生だった主人公・早苗は、父の事業の失敗から、父とふたり池袋のドヤ街で、その日暮らしをして過ごす。そんな主人公を支えてくれたのは、街で出会った人々だった。ふつうの人々がやさしかった時代を生きた、10歳の女の子の記録。

講談社の創作絵本

キャラメルの木

上條さなえ／作　小泉るみ子／絵

「おばあちゃんはね、
　むかし、うそをついたの」

それは戦争中、もののなかった時代。病気の弟を励まそうと、おばあちゃんは一つの悲しいうそをついてしまったのです。
おばあちゃんの言葉が、小学一年生のしんのすけの胸にコトリと音をたてて落ちてきました。

⑪
食事当番
おいしそうだな

⑫ 自由時間
○○君！
れんらく！

⑬
日記
けんこうぼ
きょうは何かあったかな

⑭
テレビ

⑮
幻灯会
むかしむかし…

⑯
日記よみ合わせ
何月×日
天気はれ

⑰ しゅうしん じゅんび
ああねむい

⑱
じゅくすいのすがた
ムニャムニャ